講談社文庫

わたしの芭蕉

加賀乙彦

JN051247

講談社

はじめに

私は日本の古典文学にも親しんできた。作家という世界に身を置く以上、日本語の表現をいかに豊かに、簡潔に、美しく磨いていくかに苦心してきた。小説の文章は、この簡潔と美があることによって、読者を物語の中に引き込むものだとも自覚してきた。

たくさんの古典を読むうちに、模範とすべき文章が、平安時代の華麗で美的な文体を経て、さらに鎌倉時代になると、無駄な装飾を省いた、簡潔で力強い武家風・僧侶風の文体を生み出したと私は思う。鎌倉時代の文体に私は長編小説の理想に近いものがあると認めたのだ。

また古典を読むことで、人の生き方を学べる意義も大きい。長い歴史をもつ日本という国で、それぞれの時代の人々がどのような生き方をしたのか、つまり哲学的・歴史的な視野を、すこしずつではあるが、勉強できたと私は思っている。鎌倉前期、鴨長明の『方丈記』や、鎌倉末期、吉田兼好の『徒然草』を美しい言葉だと思う人は、かれらの言葉が後世に引き継がれ、江戸前期になって俳諧師松尾芭蕉に引き継がれていった事実を認めざるを得ないであろう。

芭蕉は美しい日本語の世界に遊ぶ楽しみを私に教えてくれた。

言葉の美とは、持って回る言い方を廃し、簡潔な語句によって四季おりおりの自然や人事を俳句に美しく詠み込むことである。それは美文調、つまり語句や巧みな修辞を連ねた美文の文学を指すのではない。俳句という短い表現法では、語句を節し修辞を抑えて詠まねばならない。えんえんと語句を並べ修辞で飾る余裕は俳人にはない。

芭蕉の俳句、紀行、俳文、書簡、遺書は、無駄な装飾を省いた、簡潔で力強い言葉である。それは日本の古典のなかで、鎌倉時代の、簡潔で力強い文体を美しいと見る感性に通じると私は思っている。

世に出版されている芭蕉の句集や文集は数多い。それらの編集された図書を渉猟しているうちに、ある日、井本農一、堀信夫注解『松尾芭蕉集①全発句』(小学館)に出会って、私の目は眠りから覚めたように一気に開かれた。芭蕉の全発句を制作順に配列したこの句集には、時として推敲の跡を示す配慮がされてある。初句または起句から出発して、推敲句または異形句または別案句と並び、決定句または最終句に至る道筋が示されている。そこには、一句であろうとも疎かにしないという俳人芭蕉の気迫が満ち満ちているとともに、作句の楽しみを味わう喜びが伝わってくる。これは、芭蕉の句作の順番や雰囲気や才能を解読した画期的な句集と言える。

芭蕉の俳句にはそれを彼が詠んだときの情況が美しい文章として表現されている。俳句の文体があざやかに込められているとも言えよう。この文章・文体を味わう喜びが一句のなかに込められている。また俳諧師の生活・旅・交友関係などが美しい文章として定着されているとも言えよう。さあみなさん、芭蕉の世界の深く美しいさまを、文体として、また自然の森羅万象として、さらには人生行路の喜びと苦しみとして、すべてを跡追いしてみましょう。

⊙目次

はじめに……3

第一部 俳句の文体

1 重力と風力……14
2 死の世界……18
3 閑寂と孤独……22
4 擬音……27
5 夢と現実……32
6 荘子と兼好……37
7 老いの自覚……44
8 陽炎《かげろう》……47
9 青葉と若葉……50

10 滝と山 53
11 三日月 62
12 漢字かひらがなか 66
13 推敲の極致 69
14 記憶された富士山 71
15 二重の視線 75

第二部 森羅万象

1 月 79
2 花 90
3 鳥 100
4 雪 109

5 風……118
6 雨……128
7 冬……138
8 春……148
9 夏……159
10 秋……168
11 名句……178

第三部 人生行路と俳文

1 故郷を出て江戸へ下る。
貞門より談林までの時代……200
2 深川に移転し隠者生活……202

3 『野ざらし紀行』……208
4 『笈《おい》の小文《こぶみ》』……219
5 『おくのほそ道』……229
6 俳文『幻住庵記《げんじゅうあんのき》』……272
7 旅と病と終焉……283
8 芭蕉と荘子……293

あとがき……310
参考文献……315
掲載句索引……327

わたしの芭蕉

【註】

俳句とは、五・七・五の一七音を定型とする短詩をいう。明治時代に、正岡子規が使い始めてから、一般に使われるようになった詩形である。

ところがその昔、芭蕉の時代には、俳諧が短詩を意味する言葉であり、俳諧をなりわいにする人を俳諧師と呼んでいた。また五七五の三句一七文字の短詩を発句《ほっく》、立句《たてく》、など連句に用いる言葉としていた。また、俳諧のうち、五七五を発句と呼んでいる場合もあった。

短詩の名称として、さまざまな呼称があって、混用されているが、言葉の使い方がややこしいので、私は五七五の短詩を子規風に俳句または句と呼び、それを詠む人を俳人と呼ぶことにしたい。しかし、俳句を俳諧と呼び俳人を俳諧師としていた芭蕉の時代の用法をも、とくに芭蕉の言葉の引用などの場合には用いることもあるとする。俳諧と呼ばないとその時代の雰囲気や語句の用法を示せない場合は、それを尊重して昔風の呼び名を使うのもよいと思う。

第一部　俳句の文体

俳句を詠むのに、美しい表現に、一気に到達できる場合もあるが、長時間かかっても好みの充足した表現を発見できないこともある。芭蕉ほどの俳人でも、自足した一句に遭遇できず推敲を重ねることがある。その推敲の跡を探った、井本農一、堀信夫注解『松尾芭蕉集①全発句』の研究成果はすばらしい。芭蕉の推敲の経緯は、そのまま日本語の探求として興味深い。

この本の第一部では、この芭蕉の推敲が、美しい日本語の探求として俳句の世界を豊かにした事実を示してみたいと思う。

1　重力と風力

まず私の身近にあった芭蕉の句碑から始めてみよう。軽井沢町追分の浅間神社にある、江戸時代に建てられた句碑、鳥居の内側左手にある人間よりも背の高い大岩に、俳句が豪快に彫り込まれてある。

吹《ふき》とばす石はあさまの野分哉《のわきかな》

草木の生え揃った山肌の少ない浅間山なので、野分になると植物はおろか、石までも吹き飛ばす勢いであり、それが句意である。野分は、二百十日または二百二十日ごろに吹きあれる暴風。これが吹くと、浅間山の岩肌からおびただしい火山弾が飛び出すという痛快な作品だ。ところでこの句が載った『更科紀行』には推敲のあとがあって、初句は次のようだった。

秋風や石吹颪《おろ》すあさま山

この句に芭蕉は表現の弱さを見た。吹きおろすのは重力の助けで斜面を石が転がるだけで、平凡で迫力がない。しかし、よい解決法が見つからぬままに次の句にしてみた。この場合、季語の野分を用いた処に工夫がある。

吹颪《おろす》あさまは石の野分哉

野分に吹き飛ばされるのは草木のたぐいの軽い植物で、そんな表現を石で固めたような浅間山に用いても、石の動く気配が表現されない。駄目だ駄目だ、表現としては軽すぎると芭蕉の推敲は表現の的確を求めてさ迷う。そこで重力の助けを排除して、吹き落すという動きを入れてみたのが次の句だ。

吹落《おとす》あさまは石の野分哉

芭蕉は「颪」の右に「落」と書き添えていた。「おろし」の表現では、まだ何かが足りないと気が付いた。さっきから、石の野分に気をとられて、風力の作用を重力が「落とす」という言葉で加勢しているかのように表現している。これが句を平凡にしている。いっそ最初に石の動きをはっきりと表現して、あとから浅間山という土地の名前を補助としていれる。それには石を吹き飛ばす、すさまじい表現が最初になくてはならぬ。として生まれたのが現今の最終句である。

吹とばす石はあさまの野分哉

この執拗な推敲が芭蕉の身上である。最初の句から「石」はもちいられているのだが、それを石の表現として、その持つ巨大な力として定着しなくては、独創的な表現にならない。岩という不動のものを「重力に反して」飛び上がらせるところに自然の力と相乗りする表現の力がある。それが句作の醍醐味である。

信州の姨捨山《おばすて》に旅をして、八月の名月を鑑賞するというのが『更科紀行』で、芭蕉四五歳のときの旅である。

山奥の木曾路は道が険しい。この山路には蕉門の弟子が下僕を手伝いにつけてくれたのだが、彼、宿場や山道には皆目不慣れなために、芭蕉にとっては彼に教える苦労が増えただけだった。途中で年の頃還暦ほどの老僧が合流し沢山の荷物を運ぶのを手伝ってくれたものの、馬に荷物を載せ、その上にまたがって進むという道行であった。「寝覚めの床」という名所に来て、景色は優れているものの、深山幽谷の道の辛さがひとしおである。

下僕は荷物の上で馬にゆられて眠り、何度も落下しそうになるので芭蕉は肝を冷やす。旅籠に泊まり、昼間苦吟したことどもを整理していると、何やら悩みがおありかと例の還暦僧がなぐさめようと近寄ってくるのが、うるさくてたまらない。相手は芭蕉をなぐさめようと、若い時に阿弥陀仏のおかげをこうむった話をはじめ、そのため句の添削もできないで夜が終わってしまう始末だった。と、壁の破れから皓々たる月に、絵心を動かされる。

あの中に蒔絵《まきゑ》書《かき》たし宿の月

月を画紙に見立てる想像力は大したものだ。芭蕉の想像力は常人の域を超えている。

2　死の世界

『更科紀行』以後芭蕉はかなり長期間の吟行をするようになるが、そのなかで、芭蕉一生の秀作と思われる紀行が『おくのほそ道』である。このなかには、名文の旅行記に名句が綺羅星のごとく鏤《ちりば》められてあり、これからも何度も引用するつもりであるが、推敲という見地からまず取り上げてみたのが次の句である。

閑《しづか》さや岩にしみ入《いる》蟬の声

これは名句としてよく知られていて、出てくる場所はどこか、鳴いている蟬はにいにい蟬だとか、蟬しぐれのように鳴いているのか、一匹だけが鳴いているのか、とかいろいろな意見がある。そして多くの人々の研究によって大体の定説ができている。

静かさを表現するのに閑という一文字で言い放ち、それを岩に対比しているのだから、蟬しぐれのような騒がしい鳴き方ではない。山形市山寺にある宝珠山立石寺がそうだというのだが、その寺の名前と芭蕉の句は不思議に響き合っている。人の行かない、打ち棄てられたような山寺で蟬の声だけが己を主張しているが、それも山寺の静寂のなかで、むしろ無力でさびしいと芭蕉は感じた。弟子の曾良《そら》が書きとどめた最初の一句はつぎのようだった。

山寺や石にしみつく蟬の声

この句では、蟬の声は石にまつわりついている。孤独を愛している石はうるさそうに蟬の声を聴いている。この対立が句の表現を割っていて、どうも俳句としての出来具合はよろしくない。蟬の鳴き声を聴いていると、誰にも自己の存在を知らせない、取り残された石に余命いくばくもない蟬はせまりくる死を寂しく思いながら鳴いている。とすれば、この場合大切なのは、蟬と石とが表現し合っている寂しさだ。そこで、さっきの句をこう推敲してみる。

淋しさの岩にしみ込《こ》むせみの声

しかし、さびしいのは蟬だけではないと、芭蕉は思い返した。山寺も、蟬も石も、大きく言えば森羅万象すべてに淋しさが浸透しているのだから、さびしいという人間的な言葉はこの作ではものたりない。芭蕉はやがて鳴きやんで死んでいく蟬を思いやり、その小さな虫のさびしさを表現している静かさに思いいたった。蟬の鳴き声に包まれている石だって、いつも雨風に浸食されてさびしいのだ。しかし、石はそれを蟬のような声として表現できない。生者必滅はさびしいが、それがそう感じられるのは、自然であってもやがては変形し、ある日消滅するからだ。この自然の消滅は静かなものである。すると淋しさを物足りないように、静と動とを比較する、静かさはここでは使用できない。好い漢字がある。「閑」だ。小屋の入り口、門に木の扉をつけるのが会意で、かしましく、またさびしく鳴いている蟬の声も固い石の中にやがて、死んで入っては行けない、しみ入ることができない。この禁止の力を石が持っている表現としては、閑しか用いることができない。そして石よりも堅固な岩という字を持ってきてやっと落ち着いたのだ。

句の最終稿は、芭蕉の自然や山河への俳人としての態度が、決して単なる感覚ではなく、『荘子』を深く読み解き、仏教に沈潜し、つまり思想家、信仰者としての深い人物の奥底から生まれ出てきている事実を示した傑作なのである。俳句とは、それだけの用意をした人が、初めて秀作を作ることができるという事実を、私は認めざるを得ない。もう一度、決定句をあげておく。

閑《しづか》さや岩にしみ入《いる》蟬の声

芭蕉の推敲は、こうして終わった。現在残っている最初の句は岩に絶えずしみついてくる蟬を、岩にとっては少し迷惑だろうと考えた。「石にしみつく」が「岩にしみ入《いる》」となって、閑の字を「しずか」と読ませ、「閑さや」と切字《きれじ》で抑えて自然の持つ悠久の静かさを示し、今最期の鳴き声で岩に吸い込まれていく蟬の声のドラマを、その死をとぶらった。名句の極みである。

3　閑寂と孤独

延宝八年（一六八〇年）冬、日本橋小田原町から、江東深川村の新居、いわゆる芭蕉庵へ移った。大勢の弟子を集めて俳句を教える生活から、孤独で貧乏な閑寂な世界に環境を一変させた。同時に俳句の世界も閑寂と孤独と貧乏の世界を詠むことになる。句境も死に一歩を踏み出すように、富貴や贅沢や賑やかさを捨てて蕉風という独特の境地に達するのだ。

初めて深川の冬を詠んだ秀句がつぎの一句である。

櫓《ろ》の声波ヲうつて腸《はらわた》氷ル夜やなみだ

最初は意外にも平凡な言葉であったのが、進化していく。さあ、その進化の絶妙な努力を追ってみよう。冬の川では、夜になると櫓の音が冴え渡って聞こえてくる。その寒さ、孤独ははらわたを凍らせるようだ。この句作の初句はつぎのようであった。

櫓の声にはらはた氷るよやなみだ

これでも水準に達しているよい句だと思うのだが、芭蕉は満足しない。「櫓の声」と「はらはた」、漢字とひらがなが、表現を殺しあって、弱い。そこで両者に均衡をもたらす表現に変える。

櫓の声や腸《はらわた》氷る夜はなみだ

櫓の音と痛いほどの寒さが、漢字によって表現されて、釣り合っている。が、このような均衡のとれた表現では満足できないのが芭蕉である。表現がなめらかになっただけ、平凡になった。そこで、漢字を増やして表現をさらに強くしてみる。

櫓《ろ》声《せい》波をうつて腸氷る夜は涙

漢詩調である。漢字と漢字とが喧嘩している。すると、喧嘩の分だけ、表現が弱くなってしまう。櫓声というのでは、昼間ののんびりした櫓の音まで含んで表現が拡散した。それが寒さのみを意味する腸を押しのけてしまった。これは失敗作である。

では、どうしたらいいか。

櫓声波を打てはらわた氷る夜や涙

また「はらわた」にしてみる。まだ櫓声が弱い。そこで芭蕉は、思い切った言葉を使ってみる。それが「櫓の声」という擬人言葉である。櫓声よりも、人間の肉体に近い。そして、彼の工夫はカタカナの「ヲ」で、「櫓の声」が「波ヲうつ」という別な音を指し示し、さらにカタカナの「ル」で腸を凍らせる寒さを、ヲとルで波を打つ船頭の活発な行為を示し、それを聞いている芭蕉自身の感じている寒さを拮抗させたのだ。さらに言えば、芭蕉自身の聴覚がとらえた音と彼の皮膚が感じた寒さを、船頭の聴覚と冷温覚に変えたのである。さらに言えば、船頭と芭蕉自身と、この二人が一体になった瞬間を見事に捕らえてしまったのだ。

漢字があり、ひらがなに加えてカタカナがあるからこそ、こういう表現が可能になる。日本語のすぐれた表現法を自在に使って俳句の世界をぐんと広くしたのが、芭蕉の果敢な手柄である。
すなわち、たった二字のカタカナが、櫓の音と腸氷る寒気との均衡と分離をもたらしたのである。推敲の末到達した秀句をもう一度示す。

櫓《ろ》の声波ヲうつて腸《はらわた》氷ル夜やなみだ

芭蕉の新居の芭蕉庵は川岸にあった。真冬になって、誰も訪ねてこないが、貧しい普請の庵には外の音はまる聞こえである。波の音は岸辺とともに櫓をうつ。庵を呑み込むように襲いかかってくる、寒い、というより、隙間風が氷るように入り込んでくる。この寒さは尋常ではなく、腸《はらわた》を凍らせるようなものだ。その孤独、その寒さ、それをこの一句は見事に表現している。ここまで表現できたのは、日本語の豊かな表現法を用いなければ出来なかった境地であったからだ。最初の一〇字の破調は、漢字とひらがな、さらに、カタカナを用いて、複雑な表現法をもちい、字余りで強調した俳文である。この音が氷る寒さで迫ってきて、真っ黒な夜が腸を襲う。この寒さ、どうしようもない。涙を流すのみ。

なお、芭蕉が俳諧師として新しい世界を築こうとした江戸時代前期に、ひらがなとともにカタカナを用いて日本語の表現力を大きくした新しい試みがおこなわれていた事実がある。芭蕉はこの新しい試みに自分の俳諧を導いたとも言える。平安時代後期にカタカナの五十音図を整理した加賀の明覚の仕事があり、それが芭蕉によって江戸時代に利用された、さすが芭蕉だと私は思うのだが。

——

4　擬音

擬音をなるべく用いないようにせよと主張し勧めたのは誰であったろう。動作の表現だけで、内面の描写がないから、文章の品が落ちるというのが理由であった。志賀直哉がそれを主張してから、小説の世界では、その禁止令に従う人が多くなったとも言われている。しかし、漫画や小説では表現として相変わらず、さかんに用いられているし、剣道、喧嘩、スポーツのように動作を大事な表現としている世界では、この擬音がなくては、さびしいし、動きの特徴が十分に描かれない。すなわち直哉先生のような、狭い高級な世界では禁忌とすべき擬音も、広い庶民の世界では堂々とまかり通っていると私は思う。

ところで、俳諧では、この擬音を使って、短詩型のなかに、見事な傑作を沢山作っている、その先達が芭蕉である。

芭蕉が馬にまたがっている絵の画賛として作られた句が名高い。

馬ぼく〳〵我をゑに見る夏野哉

画であるから馬に動きはないのだが、ぼくぼくという擬音をいれただけで馬が動き出し夏の暑い日に「かさ着て馬に乗《のり》たる坊主は、いづれの境《さかひ》より出て、何をむさぼりありくにや。このぬしのいへる、是《これ》は予が旅のすがたを写せりとかや。さればこそ三界《さんがい》流浪《るらう》のもゝ尻《じり》、おちてあやまちすることなかれ」とおどけている。

ここで「もゝ尻」というのは、桃の実のすわりが悪いように、馬上で安定しない尻のことで、下手な馬の乗り手に自分をなぞらえているのだ。

ところでこの有名な句の初句はつぎのようであった。

夏馬の遅行《ちかう》我を絵に見る心かな

夏の日差しのなかを馬は暑さにだらけた様子でゆっくりと歩く。それを「遅行」と漢字で表現したところに、それなりの面白さがあるが、どこか句としては堅苦しい趣もある。このとき芭蕉は江戸の大火で深川の芭蕉庵が類焼したため、甲斐の門人の家に一時宿泊していた。そこで親しい人の絵画に画賛をした。それには、中国の文人たちがさかんに、想をこらして、難しい言葉を用いているのを真似したほうが、頼んだ人の気に入るという思いもあったらしい。しかし、俳句となると、とことん自分の気に入る作品でなくてはならぬのが芭蕉である。そこで手を入れてできたのが、つぎの句である。

夏馬ぼく〳〵我を絵に見るこゝろ哉

「ぼく〳〵」という素朴なひらがな文字が、馬上のゆったりとした気分をうまく表現している。「遅行」には遅く行くと言う意味がふくまれてはいるが、「ぼく〳〵」という馬の足音や馬の背にゆられていく、のんびりした揺れなどは表現されない。「ぼく〳〵」のほうが素朴だが表現力が強く大きい。漢字とひらがなの使いわけで意味は同じだが、同じ音でも漢字とひらがなを書き分けて、動きや気分の表現ができるとは日本語はなんと便利な言語であろうか。最初は

「心」という固い漢字であった。しかし「ぼく〳〵」には「こころ」というひらがなが、おたがいに引き合って、きっかりとした表現力を獲得している。私などは、大したものだ、これで完成されたと思い込むのであるが、芭蕉はそのくらいでは満足しない。で、次のように添削してみる。

夏馬ぼく〳〵我を絵に見る茂り哉

ちょっと意外な方向に表現の方角が動いた。のんびりと馬で行くのは田舎道なので緑の茂みがある。馬の赤い色と緑とが映えあって美しくなった。しかし、芭蕉は緑の茂みによって表現力を増したかわりに、「ぼく〳〵」の表現が弱められてしまったと気付く。「茂り」を「夏野」に替えてみようと思いつく。暑い夏の日差しと、広い野原とを組み合わせると言う趣向だ。さて、どうなるか。

馬ぼく〳〵我を絵に見む夏野かな

「茂り」を「夏野」にしただけで、ひろがりが描出されて、そこを、のろのろぼくぼく行く馬の様子が、動きとして生きてきた。

炎天下を行く乗り手の芭蕉は喉が渇く。だから一杯の冷え茶を飲みたいのに、馬は、怠惰でただぼくぼくと進むだけだ。こいつ、もっと元気よく進めと言いたいのだが、乗り手の気持ちなど無視して、馬はただぼくぼくと行くだけだ。ただひとつの助けは、野原に出たために風がひんやりと汗を蒸発させることだ。ところで、まだちょっと気に入らぬところがある。「我を絵に見む」という漢字の多い重い表現だ。「見む」という漢文調が風の涼しさを消しているところだ。漢字を取ってしまえば、すこし涼しげに読めるだろう。そこで、次のように直すとかなりよくなる。風通しがよくなる。

馬ぼく〱我を絵にみん夏野哉

これでいいか、ついでにもっと漢字を取ってしまえば涼しくなる。

馬ぼく〱我をゑに見る夏野哉

「絵」を「ゑ」に替えたことで、随分と違った句になった。やれやれと芭蕉は汗を拭ったことであろう。

それにしても、日本語の表現の繊細なこと、芭蕉の推敲への執念のしたたかなことに私は驚く。そして、漢字とひらがなとの、音が同じでも読む人にとっては効果が微妙に違うことに気が付く。

5　夢と現実

馬を詠んだ作品から私が思い出したのは『野ざらし紀行』の中の一句である。この紀行は『おくのほそ道』の大きな旅の前に、その準備としておこなわれたような小さい旅であった。

馬に寝《ね》て残夢月遠し茶のけぶり

深夜に宿を出て、しばらく馬に揺られているうちに、ふと目を覚ます。これは晩唐の詩人杜牧《とぼく》の詩から想を得たものというのが研究者の定説になっている。「鞭を垂れて馬にまかせて行く。数里いまだ鶏鳴ならず。（中略）月が暁に明らむ遠い山に浮いている」という詩とどことなく似かよっている。

真蹟草稿によると初句はちょっと違っていた。馬に乗っていて、うつらうつらしているうちに、落馬しそうになるという趣向である。

馬上落《おち》ンとして残夢残月茶の烟

この表現、カタカナの「ン」を使ったところが、面白い。ひらがなが形の描写とすると、カタカナには動きの感覚がある。馬から落ちそうになって、びっくりして目覚めるところが、如実に詠みこまれている。こういう、一字のカタカナが俳句を生き生きとさせるので、俳句というのは、繊細な神経の持ち主でないと書けないものだと、芭蕉のこまやかな、そして、大胆な句作の美を思う。

馬上眠からんとして残夢残月茶の烟

たしかに「落ンとして」よりは「眠からんとして」のほうが、状況を正確に言い表している。眠くて、ちょっと眠ったときに短い夢を見た。すると、夢が消えて現実の月が見えてきた。茶の煙も見えた。まあ、馬から落ちずに風雅な景色をみることができてよかった。句の意味はそうとれる。しかし、「残夢」という夢の世界と「残月」という現実を並べるのは、句の表現としてはあまり上手ではない。夢と月とは、存在する世界が違う。はて、どうしたことか、「残夢」はともかく、「残月」は、現実の出来事として、夢と違った表現を要求している。

そこで芭蕉は夢と月とを、別世界の光景とするために、字あまりをわざとして、句を非現実から現実へと駆け抜けてみせる。その上、「烟」という漢字を取り去って、「けぶり」とはっきりと言い切り。夢から覚めるおのれの心を安定させる。それが、『野ざらし紀行』の最終句になる。なんと、すばらしく深化した表現であろう。

馬に寝《ね》て残夢月遠し茶のけぶり

ともかく、これで西行の和歌で名高い「小夜の中山」の描写と、芭蕉の句とが、つながった。西行の「年たけてまた越ゆべしと思ひきや命なりけりさやの中山」の思いと、それを夢として、明け方の月を見て、危うく馬から落ちそうになった芭蕉とが、和歌と俳句とが、昔の夢と、現在の遠い小夜の中山の月とが、つながるのである。

この馬の一句のなかには、晩唐の詩人杜牧と『新古今和歌集』の西行と、それらの詩人と歌人とを馬の背から落ちる思いの芭蕉が残夢にしたてあげ、そして落ちる寸前に見た現実の小夜の中山のありあけの月が、芭蕉を中心に現実の小宇宙を作りあげている。

『野ざらし紀行』では、「馬に寐《ね》て」のひとつ前にも、馬の句が載っている。ついでにちょっと取り上げてみよう。

道のべの木槿《むくげ》は馬にくはれけり

馬にまかせて、ぼくぼく行くうちに、ふと道ばたにさいている可憐で美しい木槿の花を、馬が無遠慮にも食べてしまった。この句については、いろいろな説があって、結局のところ、定説はないとなるのが正しいようだ。私が感心するのは、芭蕉の研究がこれまで数多くあり、大勢の人がいろいろな説を立てるので、どの説が正しいのか、結局わからなくなることだ。私は俳人ではないので、芭蕉を読んで納得がいけばそれでいいのだけれども、本職の俳人にとっては、あくまで、関連する文献を全部読み、それを比較し、どの説が正しいかを、証明しろということになるようだ。小学館の『松尾芭蕉集①全発句』が私には信用の置ける研究書だが、それでも自分の意見と違うと、様々な研究書に目を通して、結論することになる。芭蕉の俳句とは、素晴らしい文学で、それを楽しんで読むのが私の喜びなのに、多数の研究者の意見をくらべて品定めするのは楽しくない。

6　荘子と兼好

延宝八年（一六八〇年）、三七歳の芭蕉は江東深川村の草庵に移り、それまでの派手な宗匠生活から身を洗って、孤高孤独の生活に移った。四一歳のとき、『野ざらし紀行』の旅に出る。その折りの第一句が印象深い。

野ざらしを心に風のしむ身哉《みかな》

この句は旅に出るにあたって、「野晒し」すなわち、髑髏《どくろ》になってもかまわぬという強い意志を述べている。ここには芭蕉が敬愛した荘子の影響がみられる。『荘子』によれば髑髏は死者の世界の絶対自由の象徴であった。秋風が心に沁み込むというほどの強いものという『荘子』の言葉を大事にしているところが「風のしむ」によって表現されている。

世にゝほへ梅花一枝《ばいくわいっし》のみそさゞい

『荘子』は「鷦鷯《みそさざい》は小さな鳥であって深い林に巣を作るが、一枝で十分な場所取りができる」と言っている。この鳥の行為は、村の名医玄随子が知足安分の境地でつつましやかな生活をしていたのにそっくりである。梅花は「江南一枝の春」と詠まれたが、人は梅花一枝のみそさざいのような、生活をするのがよい。豪邸などに住むのは醜いものだとも言っている。

さらに、芭蕉と荘子との、その世界の相似しているところを考察してみよう。芭蕉庵の閑居にいても、旅に出ても、富貴を厭い、応分の閑居に俳句のすぐれた世界を見出だす芭蕉を知れば知るほど、その独特の世界の持つ、魂のひろがりの広さと深さに感嘆する。

さらに『荘子』の世界との類似と、いや、芭蕉が『荘子』から受けた影響の大きさについて考えながら彼の句を吟じてみると、興味はつきない。

蓑虫《みのむし》の音《ね》を聞《きき》に来《こ》よ艸《くさ》の庵《いほ》

芭蕉庵に一人住まいし、秋風の立つ庭先に出て、じっと耳を澄ましてみると、なにも聞こえない。みのむしは糸にぶらさがって秋風に右に左に揺れながら、じっと黙っている。一度わが庵に来てみると、荘子のいう、自得自足の様子がよく見える。まったく無能で馬鹿なみのむしだが、そのかすかな鳴き声を聴こうとして待っているのも一興である。これは芭蕉が友人に書き贈った手紙の内容である。これに答えて、二人の友人が訪れてきた。もっとも、市中に住む友人のほうは、荘子の独特な思想を理解できず、退屈して早々に退出したそうだが。

また、みのむしは、『荘子』のいう「無用の用」である。有用な樹木は切られてしまうが、無用な樹木は誰もそれを切って細工しようとしないので、無事に残って大木に育つという『荘子』の有名な説話「山木篇」に出てくる無用の大木である。みのむしは鳴きもせずに、糸にぶら下がっているだけなので、安

全だ。またこの無用の用を芭蕉その人の生き方とみれば、俳句を作る以外にな
にも収入の道のない芭蕉の安全な一生を描いているともいえよう。

『荘子』の「斉物論篇」のなかに、夢で胡蝶になるという一節がある。それを
芭蕉は鋭くつかまえて荘子をほめたたえる一句を作っている。荘子と芭蕉が一
緒になった珍しい作品である。

君やてふ我や荘子《さうじ》が夢心

蕉門の一人が手紙をくれて、蝶になった夢を見たら、荘子に見られている心
地がしたという。芭蕉は一句を作り、あなたが蝶になった夢、私が荘子になっ
た夢を見たら面白かろうと返事を書き、この俳句を作った。当時の俳人仲間で
は、荘子に心を引かれる人が多く、荘子が胡蝶になる夢の話はだれでも知って
いたようだ。とくに、手紙をくれた怒誰《どすい》という門人は『荘子』を熟読してい
て、荘子の夢には詳しかった。それを知っていて、この俳句を芭蕉は作ったの

だ。友人も我も荘子の胡蝶の夢をみたのだから、あなたが蝶で私が荘子だと、たわむれている。むろん、逆に芭蕉が蝶になり友人のほうが荘子になってもかまわないので、二人とも荘子の夢に引き入れられているところが面白い。

芭蕉と『徒然草』の兼好法師とには、その生き方に相似があり、それは芭蕉と荘子との関係にも酷似する。芭蕉は自分の生き方を学んだ先人を大切にして、句作のときにも、わすれずにその先人の生き方を讃え詠んでいる。

秌《あき》のいろぬかみそつぼもなかりけり

これは『徒然草』の言葉として詠まれた。

人が死んだとき、墓に持ちこめるものはほとんどない。だから、死んだときにあの世大事を思う者は、現世の一切の物、壺一つでも持ってはならないという。秌《あき》の色としては、ぬかみその壺ひとつでも所有してはならぬ、この無一物の生活こそが、死を前にした人生には願わしいというのだ。この句は画賛であって、絵の主こそは『徒然草』の作者であった兼好法師である。
こういう句を詠んでいる芭蕉は病弱な自分に死が迫ってきたことを自覚しているようだ。そして、一切の富貴と別れて、兼好、そして『荘子』の世界と深く接触している。そういう人だからつぎのような句も詠めるのであろう。

米《よね》くるゝ友を今宵《こよひ》の月の客

これも兼好法師を思いながら詠んだ句である。『徒然草』に、物をくれる友がよき友だと言うくだりがあり、そういう友と十五夜の名月を見て楽しむのがよいと言う。門人が米をくれた。それで腹を満たして、ゆっくりと月見を楽しもうというのだ。

荘子の夢を元にして芭蕉は一句詠んでいる。彼にとっては荘子は師匠であり、俳句の題材でもあったのだろう。

閃《ひら》〳〵と挙《あぐ》るあふぎやくものみね

本間主馬《しゆめ》という能役者の舞台を見に行った途中に、高い雲の峰を見た。さて、彼の家にはいって演能を見ていると、扇が上になって、舞がおこなわれると、扇の先に白い峰が見えたように見事な演じ方であった。

いなづまやかほのところが薄《すすき》の穂

ところで本間主馬の家の舞台には、骸骨たちが笛を吹き鼓を打って能を演じている絵がかかってある。この絵の表現しているところは、人生といっても、結局はこの骸骨の遊びのようなものだ。そのとき、一瞬の稲妻が走ったところ、骸骨の眼から、薄の穂が生えているように見えた。美女としての青春を送った小野小町も、死後は屍《しかばね》を野にさらし、その髑髏から、薄の穂が生えて出たという。人間の生前の営みはすべて、そのようにはかないものだと芭蕉は言いたくて、この句を作ったのであろう。

7　老いの自覚

荘子や兼好には老いをものともしない生命力がある。では芭蕉はどうか。

めでたき人のかずにも入《いら》む老のくれ

他人に頼んで食い物をもらい、門人たちに養われている年の暮、そんな意味であろうか。

芭蕉は人に俳句を教えて授業料をもらうことをやめてしまったので、門人たちが食物を持ち寄って食べさせてくれていた年の暮を詠んでいる。貞享二年(一六八五年)、芭蕉四二歳の句で、すでにして自分を老人と自覚しているところが、現代人にとってはめざましい生き方と映る。

これは最初は次のような句であった。

目出度《めでたき》人の数にもいらん年のくれ

人にもらって食べ、どうにか年の暮を越えた。あまり恰好のいい生活ではないが、自得の境遇はまっとうしている。人並みに正月を迎えることにしよう。飢えと寒さを何とかのがれて生きているのは楽ではないが、みずから望んだ境遇だ。これは必死に自分を励ましている句でもある。しかし「目出度」と漢字にしたために、目出度い一方へと落ち着いた感じになり、せっぱつまってなお必死に生きている気迫が表現されていない。数という漢字もはっきりし過ぎていて面白くない。そこで作り直す。

めでたき人のかずにも入《いら》ン老のくれ

「目出度」をひらがなにしたために、意味が二重になった。立派ですばらしい、慶賀すべきであるという意味と、おめでたい、人にあざむかれやすいという嘲笑と、ひらがなの「めでたい」には二つの意味がある。よく考えてみると、芭蕉の心にも自分に対して矛盾する評価がある。必死で生きるという追いつめられた状況と、そのような生き方をみせびらかすような心がある。この二重性を言表するには漢字の明白な「目出度」よりも、ひらがなの茫洋とした「めでたき」のほうが複雑な心根を表現できる。「数にもいらん」も、偉い人の「数」に入るという傲慢さが表現されていて、作者としては気恥ずかしい。ここは漢字とひらがなとを逆にして「かずにも入《いら》ン」とカタカナを使ってわざと表現を漢文調にしてみると、謙遜の表現になってよろしい。「年のくれ」は平凡すぎるから、これは「老のくれ」という二重表現にしたら座りがいい。老いと暮とが響き合うではないか。これで大分いい俳句になった。

しかし、芭蕉はなお満足できない。「かずにも入《いら》ン」が、門人どもに意味が通じないのだ。謙遜の自己表示として、カタカナを入れたのだが、その自分の意図を読み取る人が少ない。あまりにも奇抜すぎたらしい。もうすこし判りやすい表現にすべきだ。そこで次の句に推敲してみた。

めでたき人の数にもいらむ老の暮

これで完成かと思って読み直してみると、初句の「いらん」、次句の「入《いら》ン」、三句の「いらむ」のともに、奇をてらいすぎて、そこで俳句が切れてしまった感じがする。そこで、ここは「入《い》らむ」という平凡で分かりやすい言葉にしよう。こうして冒頭に掲げた秀句ができあがったのだ。もう一度、書き示す。

めでたき人のかずにも入《い》らむ老のくれ

8　陽炎《かげろう》

次に取り上げるのは、貞享五年（一六八八年）、俳人四五歳の時の句である。芭蕉がこの世を去るのは、元禄七年（一六九四年）五一歳のときだから、死の六年前の句である。

丈六《ぢやうろく》にかげろふ高し石の上

三重県伊賀市にあった五宝山新大仏寺は東大寺の三分の一の大きさであっ

た。寛永一二年五月、山崩れのため埋没した。芭蕉が訪れたときには、掘り起こされた石が堂の後ろに積み重ねられ、大仏の首だけが安置されていたという。壊れた石と首からゆらゆらと陽炎が上がっている姿を詠んだものである。芭蕉は破壊された大仏の石に陽炎が上がっているのに注目する。

そこでまず次の句を作った。

かげろふに俤《おもかげ》つくれ石のうへ

芭蕉が晩春に荒れ寺をおとずれたとき、大仏の台座から陽炎がゆらゆら上がっていた。そこで彼は陽炎の中に大仏の姿を想像するのである。そして、熱風が大仏の姿に纏まれよと祈る。というより、昔の大仏の姿を想像してみる。この「石のうへ」を「いしの上」と漢字とひらがなを取り替えて見たのが次の句である。

かげらふや俤《おもかげ》つくれいしの上

「石」を「いし」に替えてみただけで、陽炎のゆらゆら動く様が形として絵になる。なるほど、面白い思いつきである。しかし、何の「おもかげ」なのかは、前句とともにわからない。句はまだ独立したものになっていない。やはり大仏の姿を思い描く必要がある。

丈六というのはあらゆる仏像の基本の大きさである。それを入れれば、陽炎が大仏を示すとわかってもらえるだろう。芭蕉は決心して最初から作りなおす。

丈六にかげらふ高し石の跡

丈六の高さまで大仏の陽炎があがっていれば、視線は台座の石に残る跡と丈六の高さとの両方を見なければならぬ。そこで後ろにさがって、台座から丈六までを見てみるが、遠すぎて迫力がない。「石の跡」という表現に難があるのだ。そこで「石の跡」を「石の上」としてみる。これだと台座に近づき、丈六の高さを見上げて大仏が生き返るように見える。これで完成だ。

丈六のかげろふ高し石の上

これでいいのだが「丈六の」高さと「かげろふ高し」とが、くどい表現になってしまった。あと一歩で完全になる。「丈六の」を高さの表現ではなく、まぼろしの大仏として見上げる心にしてみればいい。そこで冒頭の最終句完成句のように「丈六に」が正しい表現である。丈六の高さまで、陽炎がするすると伸び上っている感じの、いい句になった。

丈六にかげろふ高し石の上

これで、真の決定句になった。欠けて、頭だけになった大仏にもこれだけの尊敬の念をこめた一句を捧げるのが芭蕉の信心の深さである。

9　青葉と若葉

あらたうと青葉若葉の日の光

『おくのほそ道』に出てくる一句であるが、これを作るにも苦労があった。

「日の光」は日光という場所を指すとともに、現実の太陽光ともとれる二重表現である。これは日光東照宮への挨拶句でもある。この挨拶句の初案は木の下闇にまで日の光がとおる日光という場所をたたえたものであった。

あなたふと木《こ》の下暗《したやみ》も日の光

曾良本には「あなたふと」を「あらたうと」と朱がいれてあったというが、誰の朱であったかは不明である。芭蕉の真蹟でもそうなっているので、朱は曾良が真蹟を見て直したのかも知れない。「あなたふと」という古風な表現よりも「あらたふと」のほうが新鮮で力強い。

あらたふと木《こ》の下闇《したやみ》も日の光

鬱蒼とした森を歩いていると、木の陰にも丸い太陽光が沢山光って美しい。こういう光景を芭蕉は見て初句をなおしたときに暗ではなく闇という字を使ったものであろう。

これをすこし改まった表現にしたのが、次の句だ。「日光山にて」と説明をつけて東照宮に挨拶した作品だと思われる。

たふとさや青葉若葉の日のひかり

「あらたふと」の斬新な表現に比べると、裃《かみしも》を着たように堅苦しい。その反面、「青葉若葉の」のほうは、ぱっと明るく美しい景色を言い切っている。ここらの矛盾した表現が句作の難所であろう。そこで一転、芭蕉の天才が花開く。なんとも見事な変身である。

あらたうと青葉若葉の日の光

家康の日光東照宮への挨拶に力を入れたため堅苦しくなった前句より、挨拶句らしさがなくなった。新緑の森を、青葉の新鮮な緑と若葉の黄金色に分かち書きにして、天の与えた美景を十全に表現した俳句になった。日本語の表現の美にうっとりとさせられる。

10　滝と山

『おくのほそ道』を読んでいると、一句一句を味わって、まるで極上の美味なる果物を、味わう心地がする。前に戻り後ろに飛び、里に出たり山奥に入ったり、その楽しさは無類である。歩いたり馬に乗ったり、山を登り里におり、おのれの目が移動することにより、絶えず新鮮な作句の対象を得ることができた。

小説には物語があり、それを順番に読んでいかねばならないが、俳句には順番がない。好きな句を選び、すぐ読んで楽しむ自由はすばらしい文学的贈り物だ。

芭蕉は、別に無理して不思議な世界を描いているのではなく、俳句という簡潔で、しかも深甚な表現により、自分の感じて見た世界を忠実に再現している。いや間違った。芭蕉は目で見て写生するだけではなく、風の寒暖に洗われている事実、匂いなどで、自分の目の前の世界を膨らませて、永遠の別世界に仕立てあげているのだ。その場合、独特な感受性とそれを表現する言語の表現法が、凡百の俳人よりぬきんでて独創的で正確である。

ほととぎすうらみの滝のうらおもて

日光のうらみの滝、つまり裏見の滝は、道と崖の上に流れている。この滝は表、つまり外側から見ても、裏、すなわち滝の内側から見ても風趣があって面白い。滝を見ていると、どこかでほととぎすが鋭く強く鳴いて、滝の流れの音を破る心地がするというのだ。滝の外側と裏側では鳥の声は違う。その面白さを素直にとればいいのだが、私は、「うらみ」を「恨み」と読んでみるのも面白いと思っている。滝の音によって、人の恨みの声が違って聞こえる。一つの物語があると、その裏にも違った物語がある。ともに似ているのは、血を吐くようなほととぎすの声のせいだが、それでも秘密はあばかれない。そういう読み方が間違っているとは私は思わない。さて、この句、初出は違っていた。

ほとゝぎすへだつか滝の裏表

これは杉風《さんぷう》宛の曾良の書簡にあった句だが、滝の音がほととぎすの声を裏表で違えているというだけで、あまり面白くない。「へだつ」と「裏表」が意味を二重に濃くしていて、かえって、さまざまな空想をほしいままにする自由をさまたげ、句の奥行を狭くしていると思う。やはり、成句のほうがすばらしい。

滝の次は山だ。

山も庭にうごきいるゝや夏ざしき

驚かされる一句である。しかし、力強い。夏の景色を見事に言い当てている一句でもある。ともかく庭の中に山が動いて入ってくるというのだから驚かされる。

しかし、何度か読み返して味わいが深くなると芭蕉の世界は自分が感じたままを自由奔放に詠んでいるだけで、別に奇抜な冒険をしているわけではないとわかってくる。ありのまま、感じたままを、正確で美しい一句で表現しているとわかってくる。

夏の座敷の見事な景色。山が庭にずかずかとはいりこんでくるような、奇峰乱山が庭を取り囲んでいる、その見事な、山が動いて庭にやってきたような威勢よさ。風の涼しさ。こういう景色は人間の力だけでは造れない。自然が造化の妙をつくしていないと、景色にこれだけの力が備わってこない。

ところで元来遠くに在る山が動いて近づいてくれたから、このような名園ができたのだ。それが最初は山と庭とを綯《な》い交ぜにして、表現に力がなかった。

山も庭もうごき入るゝや夏座敷

この初句は描写過多で、山の素晴らしさを十分には表現していなかった。と芭蕉は思いなおし、添削したのだ。「山も庭も」を最後には「山も庭に」とした、たったひらがな一字で、まるでちがった俳句になる。それが俳句の面白さだ。

さて完成句ではつぎのようになっている句の手入れによる変遷はいかに。

早苗《さなへ》とる手もとやむかししのぶ摺《ずり》

「しのぶずり」は、福島で産出した染色の布である。布を石の上に当てて、偲ぶ草の汁を摺り込んで染めた。往来の人がこの石でこころみて染めてみるが、満足な染めにならず、谷に捨ててしまった。なんと風雅の昔を知らぬ人がいるものよと芭蕉は嘆くのであった。

五月乙女《さをとめ》にしかた望《のぞま》んしのぶ摺

曾良が書きとめた句は、最終句と同じ趣向だが、五月乙女《さおとめ》に力点があって、はっきりしているわりに、風趣に乏しかった。乙女の姿に目が行ってしまい、派手で力強いが、視線が散ってしまっている。そこで、芭蕉は乙女の手の動きに視線をしぼってみた。

早苗つかむ手もとやむかししのぶ摺

しなやかな乙女の手の動きとしのぶ摺とが響き合って、なかなか面白い趣向だ。ところで早苗はつかむものか。もうすこし優しい動詞はないものか。そこで「つかむ」を「とる」に替えて見たのが、冒頭の決定句である。「つかむ」という男っぽい動きではなく、「とる」と乙女らしい動きを抽象化したために柔らかな味がでてきた。終句のよさをもう一度味わってみよう。

早苗とる手もとやむかししのぶ摺《ずり》

「しのぶ」に昔の「しのぶ摺」と、「昔をしのぶ」の二重の意味が読み取れて、目の前の光景と昔見た早苗植えとが重なった。句に時代差のもたらす奥行が出てきたのである。

『おくのほそ道』をなお読みすすんでみよう。羽黒山神社の本坊で歌仙興行のおこなわれたときの発句である。夏の暑さを行くと、どこからか冷たい風が吹いてくる。普通の人なら、暑い暑いと弱音を吐くところだが、芭蕉は「我ハ夏日ノ長キヲ愛ス」(『古文真宝』)と言って、暑さを消す冷たい風の吹くのを喜んでいる。自然のわずかな恵みを楽しむ境地だ。けっして痩せ我慢ではない。

有難《ありがた》や雪をかほらす南谷《みなみだに》

暑い夏の道を行くと雪の香りのように冷たい風が吹いてきた。なんと嬉しい、天の恵みであろう。暑さのさなかにあって、涼しさの恵みを感じる、これこそ暑さの醍醐味なのだ。

羽黒山神社の本坊で芭蕉は連句の宴を開く。その楽しみを思って、暑さよりも雪の香りを目出度いと思う。句作が暑さを香りに変える。この感覚が俳句の面白さだ。暑さを有難いと思う俳人の鋭い感覚こそ芭蕉の俳諧師たる所以《ゆえん》である。ところで初句は次のようであった。

有難や雪をかほらす風の音

山の雪がかおり高い、涼しい風を送ってくれて有難いと思った。が、芭蕉の推敲は鋭く変わっていく。雪の涼しさは自分一人だけに恵まれるのではない。そこで「かほらす」を「めぐらす」にしてみる。

有難や雪をめぐらす風の音

しかし、「めぐらす」を「かほらす」にしたほうが、なおはっきりとした山の恵みが表現されるではないか。涼しい風には香りがあるものだから、これのほうが、暑さを超える恵みと思える。そこで、できたのが、冒頭の句である。

有難《ありがた》や雪をかほらす南谷《みなみだに》

この句に到達するまでに、芭蕉は薫風が谷を渡ってくる有難さをしみじみ味わっていた。その体験が彼の句を不動の終句にしたのだ。

夏の句をさらに続けよう。やはり『おくのほそ道』のころである。まずは一句。

落《おち》くるやたかくの宿《しゆく》の郭公《ほととぎす》

宿の二人を同行二人と呼んでみたい。普通は四国巡礼者の弘法大師と二人であるの意であるが、ここでは曾良と二人で旅をしている意味にしている。那須温泉の高久《たかく》の里の殺生石を見ようとして道を急ぐうちに、天高くで鳴いていたほととぎすが急に落ちてくる気がしたというのである。

この鳥の高い声が高い天から落ちてくるという出来事と、殺生石の高久の里とをかけて、死んだ鳥の落ちてくる様子と、三つをかけもちさせている。

曇った日、雨の日に鳴くほととぎすの血を吐く声を、人生無常の象徴にしている。ほととぎすには、不如帰、時鳥、杜鵑、子規といろいろな表現法があるが、正岡子規が結核で血を吐く自分に子規という号をつけたのは、死の近い自分を表現したものであった。梅雨時の雨のなかで、鳴いている鋭いほととぎすの声は、いろいろな人に死期を知らせると思わせる。芭蕉は一句に人生の終末を表現してみせたのである。

なお、この句の初句はつぎのようであった。

落来るや高久の里のほとゝぎす

これもなかなかいい。しかし、高久という地名を出してしまうと、場面が一地名に限定されて狭くなる。天が雨を、命を降らして、ほととぎすが、おのれの命と一緒に落ちて来るという、「たかくの宿」、という宇宙的なひろがりがなくなってしまう。おそらく芭蕉は、その狭さを嫌ったのであろう。

11　三日月

三日月は「見立て」、すなわち「なぞらえ」によって俳句・和歌・戯作に表現されることが多い。それが満月のように、それ自体ですべてが光輝き、周囲の景色におのれを中心に置く力のある事象との差である。三日月は、日暮れてまだ昼のなごりのある時刻に空にかかるので、見立て表現に使われて周囲をひきたてる役目をみずからに背負わされやすい。

何事の見たてにも似ず三かの月

これは三日月の特徴をあますところなく言い当てている句だ。表現が見立てによることが実は三日月の本質ではなく、むしろ三日月にいろいろな奇抜な見立てをして喜んでいる俳人をいましめている。

三日月は普通、つりばり・利鎌《とがま》・舟などに見立てられることが多い。しかし、見立てにありきたりのものが多く、俗っぽく見立てられたつまらぬ句になってしまっている。ところで、最初に示した終句に到達するまで芭蕉は、苦心の句作をしている。

有《あり》とあるたとへにも似ず三日の月

これは、多くの見立てを詠んでみたあとで芭蕉が思わず吐く悲しみの句である。いろいろなたとえの句を作ってみたが、実につまらない。三日月の美を少しも言い当てていないという吐息である。現在夜空にあがっている三日月は見立てに少しも面白みもなく、このへたくそな俳人たちよと笑っているではないかという反省の句でもある。三日月の美をすばらしい見立てで表現した句が見当たらぬのである。そこで芭蕉は作り直す。

ありとある見立《みたて》にも似ず三日の月

これは門人の知足《ちそく》にだした手紙に急いで告白した句であるらしい。勉強のために多くの先人の句や和歌を検索してみたが、どの作品も駄目だ。かならずや作り直してみせるぞという宣言でもある。そこで芭蕉が気が付くのは、理屈っぽく書くのではなく、あまり気張らず事態を平静に表現するという方法である。そこで終句ができたのだ。何事の見立てにも似ないという漢字かな交じりの平凡な表現が、ぴたりと三日月の本質を言い当てているという悟りである。もう一度最初に示した終句。

何事の見たてにも似ず三かの月

「何事」という漢字で強く押し出し、「見立て」ではなく「見たて」と漢字ひらがなで柔らかく受ける、漢字もひらがなも駄目だという結論が強く読者に訴えられる。三日月の美を示すためには、見立てなどという滑稽な遊びはおやめなさい。三日月、三かの月は、それ自体の美で自立していますよ、というわけだ。

芭蕉がこの句を詠んだのは、貞享五年（一六八八年）の尾張円頓寺であったという。濃尾平野の北を限る高台の寺だ。眼前には三日月をなお美しく満天の星があったであろう。

そう言う私は、太平洋戦争のとき、この寺のすぐ近くの名古屋陸軍幼年学校の生徒であって、二年半の毎夜濃尾平野を、戦時の灯火管制の強制のおかげで、ひときわ美しくなった三日月も多分、見上げていたのだ。

12　漢字かひらがなか

初夏、キッツキの大木を突く、鋭い音がする。信濃追分の我が山荘の庭には、太い楢《なら》の木があって毎年、そこでキッツキが巣造りをしていた。キツツキと言ってもいろいろな種類がいるそうだが、私の家に来るのはアカゲラといって、頭の赤い、小さな鳥であった。小さいくせに甲高く木を鳴らして快活そのものだ。

或年、台風がきて、楢の木の上のほうが折れて垂れ下がった。今年はどうするかと思って夏がきたら、キツツキはいつものように、カンカンと楢の大木を掘りだした。実に高らかな音で、それを聞くと、元気づけられる。が、楢の大木のほうが台風に傷めつけられて気の毒なほど勢いがなくなっていた。木のなかに洞があって、キツツキの嘴《くちばし》の音もくすんでいる。私は、ひょっとすると楢の木はあれで枯れてしまうのだろうという予感がした。その予感の通り、キツツキが巣造りをはじめると、葉は散り、やがてものすごい地響きを立てて大木は倒れてしまった。私が心配したのはキツツキの運命で、倒れた古木の下敷きになったのではないかと心配した。が、さにあらず、別なミズナラの木で、元気のよいカンカンが始まった。

啄木鳥《きつつき》で思い出すのは、『おくのほそ道』の鳥である。昔の森にすむ坊さんはよくキツツキに庵を破られて困ったという事実を私は芭蕉に教わった。ただ、芭蕉の描く啄木鳥は夏から秋にかけて、巣造りではなく、樹木に穴をあけて虫を食べるのだと、解説書で知った。すると庵の材木は腐っていて虫の栖《すみか》になっていたのだという訳だ。

木啄《きつつき》も庵《いほ》はやぶらず夏木立《なつこだち》

庵は大切な僧侶が住んでいるから、さすがの啄木鳥もカンカン突いて壊したりはしないという具合に私は解釈したが、仏頂《ぶつちよう》和尚の庵は壊れやすく、和尚さんの和歌に「たてよこの五尺にたらぬ草の戸をむすぶもくやし雨なかりせば」というほど小さなものであったらしい。キツツキに突かれたら、あっというまに壊れてしまうだろう。ところが、その庵が芭蕉が訪れたときに、少しも壊されずに残っていた。それを感心した芭蕉の句であった。しかし初句はつぎのようだった。

木啄も庵はくらはず夏木立

深い夏木立のなかにあっても、尊い坊さんの庵はこわして中の虫を食べてしまうこともないというのだ。

「くらはず」ではちょっと品がないと思ったのか芭蕉は「破らず」になおしている。

木啄も庵は破らず夏木立

この「破らず」を、それでもなお乱暴だと思って「やぶらず」としたのが、最初に示した句である。芭蕉は、漢字で書くかひらがなで書くかに気をくばり、細密な感覚で推敲を重ねている。

13　推敲の極致

栗の花は地味でなかなか人の眼に触れぬものである。とくに深い森では、重なる木々の上に見つけなければ花の下道は素通りとなる。私は栗の花の匂いに敏感なので、なんとか、花をみつけるのだが、困ったことに花が毎年咲くとは限らない。秋になって栗の実が屋根に落ちる音を聞くのは快いものだが、花が咲かない年はその面白みもなくなる。そこで芭蕉の句の意味も私には、俳句の面白みと読めるのである。

世の人の見付《みつけ》ぬ花や軒の栗

往古、栗の木のもとに庵を建てるというのが流行ったらしい。それが花が見付けにくいためでなく、栗という「西の木」に西方浄土を尊ぶ心を重ねて大事にしたものらしい。大仏開眼のころの行基《ぎようき》は、杖、柱に栗の木を用いたそうだ。法然にもその趣味があり、かなり知られた話だというが、私には真偽を見分けるほどの学がない。ともかくこの芭蕉の句は見つかりにくい花と、難しい修行とを二股かけていて、どっしりと安定した俳句だと読める。

この句の初句はつぎのようであった。

隠家《かくれが》やめにたゝぬ花を軒の栗

隠れ家に目立たない栗の花を植える心のゆかしさに感心したというのだ。往古の山野にはそのような奥ゆかしさがあったらしい。

右の曾良書留の句を、ひらがなに直したのが次の句だ。

かくれがや目だゝぬ花を軒の栗

これも奥ゆかしい句でいい。が、芭蕉は、かくれ家や奥ゆかしさを全部消して冒頭の一句に替えた。その思い切った添削に私は頭をさげる。なんと力強い飛躍であろう。

世の人の見付《みつけ》ぬ花や軒の栗

この終句、庵を訪ね、栗の花を見つけようと視線をあげ、軒の高さに来たときにそれを見つけたという喜びを力強く表現している。視線の動きは寸刻であろうが、発見した栗の花は庵の主の心を遠い過去まで表現している。それまでの句作の道を一気に飛んで推敲の極致に到達して、秀句になった。

14　記憶された富士山

富士山はそこに見上げる美しい姿が詩歌、浮世絵に描かれるのが本道である。多くの和歌集、葛飾北斎の「富嶽三十六景」が典型的である。ところが芭蕉は、霧で見えなくなった富士山が美しい、面白いという。

霧しぐれ富士をみぬ日ぞ面白き

これは『野ざらし紀行』の貞享元年（一六八四年）にでてくる一句なのだ

が、普通の富士山の表現とはまったく反対の表現になっていて、なるほど面白い。

箱根を越えようとすると、霧が流れて、富士は見えない。しかし秀麗な富士の姿があのあたりに出ていたのはよく覚えている。それはそれは美しい姿であった。記憶の富士がかえって以前の美しい姿を霧の幕を透して想像させ、その最良の姿を見せてくれる。しかも、霧の流れも独特の形で、記憶の富士を美しく装飾しているではないか。これこそ本当の富士の面白さだと主張した句である。写実を旨とした作風に反して、想像美を楽しむ独特の境地がうかがえる。

目の前の視野に富士が見えるときは、頂上に浮雲がちかづき、霧が麓を飾り、ぼんやり見ているうちに、霊峰は千変万化の変化をとげていき、さっき見た富嶽とは、まったく違ってしまう。造化の妙とは動きと変化であって、和歌が写した形はほんの一時の美しさに過ぎなかったのだ。たった一つの富士の示す、数え切れない美の変化を誉め讃えるには、和歌や絵画の及ばぬ表現が必要だ。それができるのは俳句だけだと主張しているかのような独創の一句。

雲霧《くもきり》の暫時《ざんじ》百景をつくしけり

『野ざらし紀行』のころの作である。

雲霧に覆われた富士が目の前にある。さっきまで見えていた全容が今は少しも見えない。富士見に来た人々は「だめだ。富士は見えない。帰ろう」と去ってしまった。芭蕉は一人残って富士の表面を覆っている雲と霧とを見つめる。あの雲霧とはなんと美しい富士の着物を作っていることだろう。さっきの明朗な富士を蓋《おお》っていて、富士を守っているようだ。

思えば、いろいろな富士を見てきた。朝昼夕がたと富士は様相を変えた。季節による独特の変化も、一日のうちの景色の差異も、どれも素晴らしく美しかった。おやおや、雲が去り、薄い霧が富士の姿を見せている。なんという美しさであろう。さっき、大急ぎで帰ってしまった人々は、あの薄い夏着をよそおった美しい富士を見たことがないのだろう。

芭蕉はうっとりと、目を細めて富士を鑑賞しているあいだに一句を仕上げた。何も見えないときこそ百景の美があるのだ。さて、一句できたぞ。「暫時百景」これこそ、詠みたかった俳句だ。見えない富士に本当の美があるという芭蕉の句は、ここでも俳諧の面白みを存分に表現している。

死を予感して旅に出たものの、死ななかったという逆説の句もある。『野ざらし紀行』に出発したときの一句に死の近づいたことを予感したかのような、秀句がある。

しにもせぬ旅寝の果《はて》よ秋の暮

いざ旅にでようとしたときに、旅寝の果てに野ざらしの死に出会うかも知れないと思ったが、出かけてみると、旅路はどしどし進み、暮秋にも死なないで、元気である。これなら、まだまだ死にはしないという安心があって、生気を取り戻す。俳句一流のおかしみがあるし、それと、物みなが冬ざれになる事実を「しにもせぬ」で一転させたところが面白い。この句も初句は、同じ秋の暮と死病とをくっつけたが、ぎこちのない句であった。

死よしなぬ浮身《うきみ》の果は穐《あき》の暮

「死よしなむ」よりも。「しにもせぬ」のほうが、俳句の面白みがでているし、「浮き身」よりも「旅寝」のほうが、死を笑う俳諧師の妙技が明白に表現されている。俳句は句の意味だけでなく、句の持つ独自の表現によって、読者の微笑を引き付けねばならない。

15　二重の視線

芭蕉が他に抜きんでているのは、初句がすでにすばらしい独創に満ちていること、それだけで普通の人が満足してしまうところを推敲に推敲を重ねて、さらに完璧な俳句にしてしまうことにある。

冬景色を詠む。しかし、この冬景色のなかに芭蕉自身が入っていて、自分の幻の眼で自分自身をも見つめている。ただ見るだけでなく、そのなかに自分を見る別な眼の感覚がある。そんな一句。

冬の日や馬上に氷る影法師

これは貞享四年（一六八七年）の冬豊橋の在、天津《あまつ》の海岸の冬を馬に乗って旅する姿を描写したものだ。『笈《おい》の小文《こぶみ》』に出てくる句。

まずは海岸の冬の寒風がある。自分の馬に乗る姿を冬の太陽が照らして影法師を作っているが、その影法師も氷るかのようである。そして幻の眼で馬上の自分を見ると、自分自身も馬上に氷りついているではないか。芭蕉はこの二重の眼でもって、自分の姿を見ている。こういう芸当は普通の俳人には思いもよらぬことだろう。

この句の初句は、もうすこし平凡だった。いわく、

さむき田や馬上にすくむ影法師

寒いので、馬に乗ってさっさと通り過ぎてしまえと思ったのだが、歩くより馬上のほうが寒風を受けて、しまったと思う主人公を描いている。しかし「すくむ」だけではない。氷りつく寒さなのだ。いかん、やりなおし。

冬の田の馬上にすくむ影法師

まだいけない。この寒さはすくむという柔らかな描写では及ばない、ものすごい寒さなのだ。氷りついているのだ。そこで第三句ができる。

すくみ行《ゆく》や馬上に氷る影法師

さっきよりもずっといいが、もっとすさまじい表現はないか。そこで出てきたのが、第三の眼である。馬上に氷りついている吾が身のすがたは、夕日が地上に落としている。その地上の影の眼が自分を見ている。これで寒さが二重になるではないか。

そこで最初の俳句がどんなに独創的なのかが表現できた。もう一度ここに最終句を書いておこう。

冬の日や馬上に氷る影法師

馬上に氷りついた自分、影になって地上に張り付いた自分が馬上の自分をみている構図だ。寒さは馬上と地上とで二重になった。寒さという感覚だけでも、これだけの苦心がいるのだ。それをやりとげた芭蕉はまさしく俳句の傀儡《くぐつ》子《し》である。

第二部　森羅万象

ここ、第二部では、第一部ほど推敲に心をひかれはしないが、しかし熱心に俳句を詠む芭蕉の姿勢には変わりはない。

1　月

四季おりおりの自然の変化を詠む例として、まずは月をあげてみよう。元禄二年（一六八九年）の秋、月を一三日も毎日詠んでいる。その熱意、好み、持続力は、余人の真似ができないと思う。

名月の見所《みどころ》問《とは》ん旅寐せむ

芭蕉は越前福井の友人を誘って月見に出るのだが、名月を見る場所にはこだわり、友人と一緒にその場所を選びながら旅寝したいと思う。まことに風流でうらやましい心根だ。名月をちょっと見上げて、きれいだなと通り過ごしてしまう現代人はなんと無風流な人間になりさがったことよ。

福井から敦賀《つるが》に向かったらしいが、歩きながら見上げるのは月ばかりであった。

月見せよ玉江の蘆《あし》を刈《から》ぬ先《さき》

玉江は蘆の名所であるから、蘆が密に葉を伸ばしている上を照らしている月を見たい。だから蘆を刈らない先に玉江に行き着きたい。名所と言われるくらいならば、さぞかし蘆の茎の長い大群落なのであろう。その上に月が見える。実に美しいであろう。急ぎ足で目的地にむかいながら、詠んだ一句である。まだ見ぬ玉江の蘆が想像力で美化されている。この句の時制は未来である。富士山は過去の美に飾られていたが、玉江の蘆原は未来で豪奢に拡大されている。
『枕草子』の「浅水の橋」と朝六つ、すなわち午前六時ごろとを掛けた句が次に来る。

あさむつや月見の旅の明《あけ》ばなれ

「あさむつ」という歌枕と、「朝六つ」という時間とが調和していて、夜明けに暗かった夜が去り、「有明の月」がすこしぼんやりとしてくる様子が巧みに描出されている。歌枕の名所ならば、朝六つ、の早朝に行ってみたいと思い、ふと空を見ると、ぼんやりしてきた月が旅人を愛でるように艶麗な姿を見せている。たんなる写生ではなく、歌枕をうまく使って、清少納言の昔から芭蕉の現在までの過去の時制の名月が回顧され、さらに、現在の時制にいる芭蕉が最後の名月を見上げている。
芭蕉の月には、過去、現在、未来の時制が正確に詠み込まれてある。自身は旅で絶えず移動している。過去は歌枕の月、現在は夕暮れ・夜・有明の月、未来はまだ見ぬ名所の月。月は豊かな感性により、さまざまに変容して俳句になっている。

あすの月雨占なはんひなが岳

福井県の武生《たけふ》の近くにある日野山を「比那が岳」という。その山の上に月が昇っている。その月の具合で天気を予言できるという言いつたえがある。芭蕉は十四日の月を見ていたらしく、明日の満月のときの天気を気にしているのだ。もちろん雨占いなどできはしないのだが、明日の天気を予報してくれる比那が岳にすべてを一任している神頼みの心は、月を美しくもし、見えぬ闇ともする。つまり明暗に動揺する未来の月の句である。

月に名を包みかねてやいもの神

福井県の南条郡湯尾《ゆのお》には、疱瘡《とうそう》の神様が祭ってあり、峠には茶屋が二軒あり、疱瘡のお守りを売っていた。疱瘡にかかると、顔にぶつぶつの痘痕《あばた》が残るので、女性はとくにこの病気を嫌っていた。丁度、峠に来たときに、月が皓々と照って昼のように明るかった。だから痘痕のぶつぶつを治す神様も、お守りの霊験がきかず、困っているだろうという。ちょっとふざけているようで、なお過去の闇を照らす月の明るさを鮮やかに表現している。

義仲《よしなか》の寝覚《ねざめ》の山か月悲し

福井から敦賀に向かう途中にある山を燧山《ひうちやま》といい、その山にあった城は、木曾義仲が平維盛《たいらのこれもり》の軍勢に敗れた所である。ここは今は廃墟になっているが、かつて、ここで城に立てこもっていた義仲は真夜中に目覚めて、月を見て何を思ったであろう。いかにも悲しげな月であったのだろう。歴史を思い、感慨にふけっているのが芭蕉である。彼は源義仲が好きで、その古戦場をあちらこちらと訪ねている。故事を詠い、そして現在自分の見ている月の美を哀しい想いで見ている。義仲のことを思うと、明るい月も悲しみに満ちている。ここには写生の言葉は使われていないが、それだけに、山奥の名月の明るいが故に悲しみに満ちた景色がまざまざと想像される。

中山や越路も月ハまた命

芭蕉がいる中山は、小夜の中山ではなく、越前の中山である。中山と言えば、西行の「年たけてまた越ゆべしと思ひきや命なりけりさやの中山」が有名だ。自分も老いてきた、いつまたこの越前の中山で月を見ることができるかわからない。それが人間の運命なのだ。月は今度は自分の運命の象徴になっている。「月ハまた命」としてかたかなを用いたのが句の奥行を深くさせた。ひらがなのなめらかな感じではなく、かたかなの固い感じが表現として生きている。

国〳〵の八景更に気比《けひ》の月

気比は敦賀湾の南岸で、敦賀八景のひとつである。徳川時代には、いろいろな国で、景勝の八景を作って名前をつけていたようだ。気比神宮の上に輝く月はことのほかの美観であったらしい。そこで芭蕉も敦賀八景で月を見たのであろう。門弟や友人がいたるところにいて、その人々の故郷に行けば、歓待として土地の美景に誘われる。そのひとつ気比で月を見たらしい。

月清し遊行《ゆぎやう》のもてる砂の上

これは『おくのほそ道』に組み込まれた一句である。敦賀市の気比神宮には、昔、毒竜がすんでいて危険な沼があった。それを二世の遊行上人が人々と図って、沼を砂でうめることにした。そして毒竜は退治されて、人びとはやっと安心して暮らせるようになった。そういう謂れのある砂原の上に清らかな月が輝いているという一句である。
これも故事を中心にした月の句で、二世の遊行上人の毒竜退治という武ばった行為と、無言でただただ清らかな月とを対比させている。言ってみれば、現実の月が昔話と組んで、ひとつの美しい句ができあがった。ところで、この俳句の初句はつぎのようだった。

なみだしくや遊行のもてる砂の露

いまも代々の遊行上人は、神前に砂を供えて拝んでいる。人の行為は、このようにして後世も大事にされる。白い砂に露がかかると、ありがたい昔の遊行上人を思って涙が流れる。しかし、砂だけでは、表現の力が弱く、俳句としても、あまり面白くない。そこで「月清し」と「遊行のもてる砂」とを組み合わせにして完成句を作った。人の行為だけでは、話としての効果はあるが、それを月と結びつけると、にわかに、力強く、神々しくなる。つまり月は人の行為を美しく永遠に伝える力を持っているのだ。さて、まだまだ月の連作は続く。

芭蕉の驚くべき執念と、月の美をさまざまに詠みあげる豊かな才能に頭がさがる。

名月や北国日和定なき《ほっこくびよりさだめ》

今夜は中秋名月の日である。宿に泊まっても前夜は晴れて満天の星に満月が輝いていた。ところが雨が降っている。やれやれである。北国の天気は変わりやすいと気がつき、苦笑しつつ、雨音を聴いている芭蕉の姿が目に見えるようだ。ところで、見ることができなかったのは名月だけではなかった。

月のみか雨に相撲もなかりけり

青空の下で、草相撲の催しがあるはずだった。それを見るのを楽しみにしていたのに、雨で中止とはなんとひどい仕打ちであろう、と芭蕉はぼやいている。しかし、いくらぼやいても天には勝てない。

「北国は日和定めなしですぞ」と教えてくれた親爺が、心得顔に芭蕉を慰めてくれ、敦賀の湊には釣鐘が沈んでいるという話をしてくれた。芭蕉は、どこかに逃げてしまった月のかわりに、沈める鐘を題材として俳句にした。

月いづく鐘は沈《しづめ》る海のそこ

芭蕉は沈める鐘を思って雨の夜をすごす。親爺は、得意になってその高価な鐘の話しをする。芭蕉が「鐘を引き上げればよいではないか」というと、親爺は「それができませんのです。なにしろ、竜頭《りゆうず》が下になっているので、縄をかけてひっぱりあげることもできませんので」「誰もひきあげんとせぬのか」「国主がひきあげようと、海士《あま》に命じて調べさせたところ、竜頭が下では、仕方がないとあきらめたそうです」芭蕉は仕方がないと溜息をつくばかりであった。

これも土地の親爺が教えてくれたことだが、敦賀の古い名前は角鹿《つぬが》であったという。韓人が鹿の角など運んできて、盛んに交易をしていたことから名前がそうつけられたという。そこで芭蕉は一句を作った。

ふるき名の角鹿《つぬが》や恋し秋の月

そこで、やっと芭蕉は月づくしの俳句をやめる。十五夜は過ぎてしまった。しかし、そのかわりに、遊行上人の砂と月、月と雨、月と沈める鐘、古い敦賀の名前などの句ができた。これで満足すべきなのだ。実に一三句続けて月の俳句を作ってしまったのだから。

それにしても芭蕉の月への執心の深いことには驚かされる。月が彼を動かして俳諧師に仕立て上げる感じがある。一度月に夢中になると、なにがなんでも月の句を作りたくなるらしい。しかも、詠んだ句がみな相応の出来ばえで、作者の懐の深いことに驚かされる。

まずは月への強い感性である。そして、月を巡って、豊富な古典の知識が披露される。漢籍、とくに『荘子』への偏愛、王朝の古典は『古事記』『万葉集』から『枕草子』、そして『新古今和歌集』の西行が出没する。旅をしているうちにその土地の歴史や名所を教えてもらい、絶えず知識を豊かにしている。

名月を詠むのに、その土地の人に名所を尋ねて解説してもらった。しかも、句作の添削、推敲に連日熱中して倦むところがない。芭蕉は、常におのれの能力の極点を求めてやまない。

2 花

波の間や小貝《こがひ》にまじる萩の塵

敦賀の色の浜での作品である。秋の花であるひっそりとした地味な萩の花を描かず、芭蕉が目をつけたのは、浜にうちあげられた小さな貝と萩の花が海に落ち、波にもまれている間に屑となった姿であった。浜辺に美しく咲き誇る秋の花の姿ではなく、波に吹き飛ばされて、原型をとどめていない花屑を詠んだのである。それは花としては哀れな萎れた姿だが、来る冬の寒さを予感させる晩秋の風情をはっきりと示している。月は叢雲《むらくも》に隠れたり、秋風に寒々と吹かれたりするけれども、月そのものは傷一つつかないのに対して萩はすぐに傷つき、哀れな姿になってしまう。同じ自然でも、表現の持ち味がまるで違う。

小萩ちれますほの小貝小盃《こさかづき》

これも秀句である。色の浜に可愛らしい小萩が咲き乱れている。なんという美しさだ、しかも地味で寂しい姿だ。浜に散って、ますほの小貝にも自分の盃にもその小さな花をつけてくれよ。浜は美しく、盃は秋をたたえて可憐である。景色はよし、盃の酒はうまい。これこそ旅のよろこびであるぞ。小萩、小貝、小盃と「小」を重ねて、真ん中の小貝を際立たせているところが、さすがである。全体として豪華な表現はなにもなく、小さな秋を表現している可憐な句である。

藤の実は俳諧にせん花の跡

藤の花の俳句はすでにあるが、花びらの美しさよりも、花が咲いた後の実に着目したところが独創である。小萩の句とともに、元禄二年（一六八九年）『おくのほそ道』のころのものだとされている。

花びらの美しさよりも、香りに風流を求めているところが独創のつぎの句。

門《もん》に入《い》ればそてつに蘭《らん》のにほひ哉

蘭の匂いを強調するために漢字で書き、そてつをひらがなで書く。蘇鉄は目立つ植物だから、その形だけで蘭の香りを超えてしまうので、あえてこういう表記にしたのだろう。漢字と仮名の表現の差異をうまく利用している。和漢の表現の差異を一字もおろそかにしない。見事である。元禄二年（一六八九年）の作。

きくの露落《おち》て拾へばぬかごかな

菊の花の露は香り高くきよらかである。それが花からポトリと落ちた。急いでしゃがみ露を探してみたが、すでに地に吸い込まれて見当たらない。その代りにぬかご（零余子）つまり山芋の茎の瘤《こぶ》を拾いあげてしまった。菊もぬかごのどちらも、ありがたい。とくにぬかごに塩をつけると味がすばらしく、しかも長寿になると言われている。「きく」と「ぬかご」をひらがなにして平衡を保たせた表現はさすがである。それにこの句には、動きがある。菊の露は、ポトリと落ちながら、落ちた先をみわけられぬ速さを持つ。芭蕉は素早くしゃがむのだが間に合わない。がっかりしていると、長寿のしるしとしてめでたいぬかごを拾いあげた。小さな自然が俳人の一生を予言するようにめでたい。菊の香りが時間の長さに一瞬にして変わる。

これを読みとるためには、謡曲の「菊慈童《きくじどう》」を知らねばならぬ。菊の露を飲んで七〇〇歳の長寿を得たという謡曲を、瞬時に思い出して、あわてて しゃがみこむだけの素養が必要だ。これだけのことを瞬間に思い出させるのが芭蕉のこの一句である。元禄二年(一六八九年)。

枝ぶりの日ごとに替る芙蓉《ふよう》かな

初秋に咲く芙蓉の花はまことに見事である。赤、淡い紅、白色の花が秋のうらぶれた季節に、派手やかに咲く。

私は信濃追分の旧道に咲く芙蓉を毎年愛でている。大きな花は目もさめる思いだが、わずか一日で落ちてしまう。毎日咲いては散る芙蓉は、あらもったいないなやと思わせるが、一日で落ちるいさぎよさに目を向けると、自然の念入りの開花に讃嘆する。

それを芭蕉は「枝ぶりの日ごとに替る」と表現した。一日花であるから、花を写生して落ちた花の無惨を詠めばいいのに、芙蓉の木の力強い生命力というほうへ、写生の力点を変えた。なるほどこう表現すると、もったいないという人間の心を考えなおさねばならない。やはり元禄二年（一六八九年）作。

くさまくらまことの華見《はなみ》しても来《こ》よ

もと乞食のような生活をしていた弟子の路通《ろつう》に向けて言った句。これから奥州に行って旅寝をしながら花見をしてくるというが、道中気をつけてな、と師匠の芭蕉が言ったのである。金がないから野宿しかできないが、それでもこの春の桜の頃は、何やら楽しい。しかし、夜は寒いから体にさわらぬようにしろよ、と弟子に一句を与えたのが芭蕉の優しさである。しかし、立派な宿に泊まるよりも、お前の華見のほうが、まことの華見だと励ましている。実は若い時には芭蕉はそういう旅枕こそ理想だと思っていたのだと、この句の「まこと」

という形容詞から推測できる。元禄三年（一六九〇年）作。

うぐひすの笠《かさ》おとしたる椿哉《つばきかな》

鶯といえば普通は梅と相性がいいはずだ。しかし、ここでは庭先でさえずっていた鶯が、梅の花ではなく、椿の花を落としたというのだ。昔から鶯は梅の花で花笠を造るというのが、きまりきった春景色であった。それを椿にしたおかしさが俳諧的滑稽である。実際にそういう出来事があったのかも知れない。それをすぐと俳句の面白みにかえたところが、芭蕉らしい。

椿はボテッと落ちる。梅ならば、鶯と優雅な釣り合いがとれるであろうが、椿では風流から遠い。落ちた花の音にびっくりして、普段の鳴き声と違って、奇妙なさえずりになってしまった鶯のあわてようが、春ののどかさを破って、おかしい。元禄三年（一六九〇年）作。

かげろふや柴胡《さいこ》の糸の薄曇

早春の暖かくのんびりした様を詠んでいる。柴胡とは翁草のことで、細い糸のような白い芽を出す草である。新しく糸のような芽をだして、いかにも春先の野原は、陽炎でうらうらと動いている。薄曇りの空は、冬であったら、寒々と見えるのに、春には暖かそうに見える。白糸のような芽はやがて、糸から一人前の草になり、野を緑で蔽うだろう。そして花咲く、本当の春景色になるであろう。ここには春の時間の推移も巧みに詠みこまれている。元禄三年（一六九〇年）作。

似あはしや豆の粉《こ》めしにさくら狩《がり》

桜狩とは、桜を求めて歩きまわること、花見とは桜の花の下に座って宴を開きながら、花を愛でることである。この句は桜狩で、「豆の粉めし」とは、握り飯に黄粉《きなこ》をまぶしただけのものをほおばりながら、桜を求めて歩き回っている光景を描いている。握り飯だから桜狩には似合わしいというのだ。貧乏な庶民の桜狩であるが、いかにも太平の世でのんびりしている。元禄三年（一六九〇年）作。

種芋や花のさかりに売《うり》ありく

伊賀の山中で見かけた光景を詠んでいる。春の盛りに、人びとは桜狩や花見に遊びほうけているのに、種芋（里芋の種芋）を売り歩いている商売熱心な百姓たちもいる。人さまざまである。この句、どこか、遊びに浮かれている大勢の人々と、商売をしている人々とを描き分けていて、そのちぐはぐした様子が面白い。俳句は、違ったものを取り合わせることによって、滑稽味がでてくる。芭蕉というと侘び寂びの哲人だと思いこんでいる人が多いが、正反対の遊びにも熱心な人であったことを知るべきである。元禄三年（一六九〇年）作。

四方《しはう》より花吹入《ふきいれ》てにほの波

「にほの波」とは、「鳰《にお》の海の波」で、琵琶湖の波のことである。江戸時代には、琵琶湖は岸辺がすべて桜だったらしい。今でも北西の岸辺には桜が沢山あるが、湖畔の桜の美しさは昔も変わらぬ景色であったろう。湖畔の四方から桜の花が散って水面を白く飾り、それを「花吹入《ふきいれ》て」と表現している。そのために風が四方から吹きいることになるが、こう表現されると、琵琶湖の上に花が渦を巻いているようで、なんとも幻想的な景観がしのばれる。元禄三年（一六九〇年）作。

夕《ゆふべ》にも朝にもつかず瓜《うり》の花

夕顔の花は夕べに咲くし、朝顔の花は朝に咲く。ところが瓜の花は平凡に昼間咲くのみでおもしろくもおかしくもない。まるでどっちつかずの人間のようだ。人は自分の人生を自分で決めるべきで、どっちつかずの人生行路はおもしろくない。こう芭蕉は言いたいのだろう。ところが、よく反省してみると、そういう優柔不断な面も自分にはあって、困ったものだと反省もしている。元禄三年(一六九〇年)作。

3　鳥

月と花に続いて芭蕉が愛でたのが、鳥であったろう。

またぬのに菜売《なうり》に来たか時鳥《ほととぎす》

ほととぎすの一声を待ちわびていると、どこか遠くでそれらしい声がする。ところが近づいてみると、それが待ってもいなかった菜売りの声だった。四季おりおりに季節の菜を売り歩く、のんびりした景色が、ほととぎすという鋭い鳴き声と、混じり合い、江戸時代の街の音を気持ちよく表現している。それでも、ほととぎすと菜売りでは格が違いすぎると批判する人もいたらしい。芭蕉の若書きとしておけば、許される気もするし、すがすがしい句だと私は思う。延宝五年（一六七七年）作。

ほととぎすの鳴き声は鋭いし、飛ぶのも速い。とくに霧のなかを飛びいつのまにか消えていく声を聴いたことのある私はそう思う。その点、かっこうのように、声はほがらかで鋭いけれども、どこか間が抜けているし、体が大きくて素早い動作のできぬ鳥とは品格がまるで違う。そこで芭蕉の句の素晴らしさに打たれるのだ。

ほとゝぎす消行方《きえゆくかた》や嶋一ツ

消え行く方という表現には、鳥が素早く飛び、あっという間に消えてしまう、鋭さが見事に表現されている。無論鳴き声も、耳元で鳴いたかと思ってるうちに、はるか彼方で声が聞こえる。姿と声とが一緒になって消える速さに人生の無常さえ言い当てている。姿と声が消えた先には海があった。『笈の小文』の中の一句で、鉄拐山《てつかいさん》から見えるものとすれば淡路島を見たということになるが、「嶋一ツ」と限定を避けたために、景色の世界がぐんと広くなった。句の表現も古歌を援軍に引き出してくる手際も秀逸である。「ほのぼのとあかしの浦の朝霧に島隠れゆく舟をしぞ思ふ」(『古今和歌集』伝柿本人麻呂)が思い出される。場所としても、古歌としても、そして時代としても、一句が広がりを持ってくるのだ。

さらに、結字としてのカタカナのツが、数を数える一つを強調していることも見逃してはならない。「嶋一つ」と「嶋一ツ」では、前者は数を一つと押さえているだけだが、後者は二ツ三ツとさらに別な嶋を予感させる表現の延びが感じられるので、視界がぐんと広くなる。

今論じた句は広さが中心になっているが、色が季節の美をしめすなかにほとぎすを詠んだのがつぎの句である。

田や麦や中にも夏のほとゝぎす

元禄二年（一六八九年）のこの句は色彩の美を詠っている。青々とした卯月の早苗、麦秋の麦の黄金色、その対比が素晴らしい季節だ。その景色を楽の音で引き立てているのがほととぎすである。卯の花月の薄紅の見事さを引き立てている。芭蕉はこの句について、「春秋のあハれ、月雪のながめより、この時はやゝ卯月のはじめになん侍れば、百景一ツをだに見《みる》ことあたハず。たゞ声をのミて、黙して筆を捨るのミなりけらし」と言っている。この一句に対する芭蕉の熱意は並々ならぬもので、初句、次句と推敲を重ねている。どのように推敲したかを、ちょっと覗いてみよう。

初句はつぎのようであった。

麦や田や中にも夏はほとゝぎす

「麦や田や」とすると、麦秋が先になる。黄金色の景色より、みずみずしい田圃のほうを優先させようと、まず考えた。早苗の青々とした力強い色を優先させたのだ。夏の句をはっきりと読者に意識させようと、さらに明白な句を作ってみる。

田や麦や中にも夏時鳥《なつのほととぎす》

この句をさらに明確にしたのが、最初に示した一句である。「夏時鳥《なつのほととぎす》」をさらに「ほとゝぎす」という音を際立てるために「夏のほとゝぎす」としたのが成句である。夏の朗らかな緑と枯れた麦とを対比させて、ほととぎすの鋭い鳴き声をそえた、なんともさわやかな句である。麦はやがて取り入れられてしまうが、緑の苗はすくすくと伸びていく、この色にほととぎすの鳴き声の力強さを装飾させたのが決定句である。初夏から真夏を見通している。何度でも口ずさんでみたくなる一句。

さて、姿は見えぬが天高くから落ちて来る鳴き声に注目したのが次の句である。ここに死の予感があることを、前に論じてみた。姿をみせぬが、高久の里で天から落ちるように飛ぶほととぎすである。そうあの句だ。

落《おち》くるやたかくの宿《しゆく》の郭公《ほととぎす》

この句は元禄二年（一六八九年）の作である。そう想うと、このあたりに芭蕉の重要な句が集まっているのに気づく。

京にても京なつかしやほとゝぎす

なぜ京が急に懐かしくなったのか。私はこの句の付近に死を詠った句があるのが、何かの意味があるように思えてならない。京が懐かしく思えるのは、長い歴史とともに多くの墓場があるからであろう。元禄三年（一六九〇年）作。

頓《やが》て死ぬけしきは見えず蟬の声

蟬の命は鳴きだしてから、すぐに尽きてしまうのに、そんな悲劇は知らぬげに、陽気に精一杯鳴いている。「無常迅速」の題がつけてあり、蟬の不思議を夏の太陽の照りつけるなかに言い当てている。この句と「京なつかしや」とを結ぶと、つぎの一句、玉祭りの焼き場の煙が生きてくる。

玉祭りけふも焼場《やきば》のけぶり哉

盆で先祖が帰ってくるというのに、死んで焼かれている人がいる。蟬ほどの陽気さもなく、人は死んでいくから、物の哀れを強く感じる。玉祭りはすなわち魂祭《たままつり》であり、無常を強く感じさせるのは、焼き場の煙なのだが、それは死をいそぐ蟬とも通じている。元禄三年（一六九〇年）の作品である。さらに白髪を詠んだ句が同年の作品にある。

白髪《しらが》ぬく枕の下《した》やきり〴〵す

秋の夜、枕に頭を乗せて、鏡で見ながら、生えてきた白髪を抜いていく。枕の下ではきりぎりす（こおろぎ）が、かぼそく寂しく鳴いている。老いの始まりを強く自覚する時である。芭蕉はすでに四七歳で老いの迫るのを実感している光景である。翌年の夏にまたほととぎすの句が生まれる。

ほとゝぎす大竹藪《おほたけやぶ》をもる月夜

幽霊のように太く育った竹藪である。月がその影のなかからちらちら見える。すると、ほととぎすが、鋭く鳴きながら飛び去った。あとは静まりかえって、おそらくはこおろぎのよわよわしい鳴き声だけが残ったのであろう。このほととぎすは、化け物のような竹藪を残して、霊魂のように飛び去ったのだ。夏の初めに勇ましい鳴き声を人に待望させるような、これから成長していく鳴き声ではなく、人を驚かすとともに、姿さえ見せない無情な光景である。この光景を荒れた浮世の藪の出来事に力点を置くか、それとも心を洗うような天を目指す飛翔に注目すべきかは、人によって感じ方が違うであろう。私は後者を取ろうと思うが……。元禄四年（一六九一年）の作。

さらに死の影がはっきり出ているのはつぎの句である。

杜鵑《ほととぎす》鳴音《なくね》や古き硯《すずり》ばこ

古くからの友人が遺品として残した硯箱を、懐かしんで眺めている。すると、亡き友の姿を思いださせるように、ほととぎすが血を吐く声で鳴きながら、去っていった。そのため、一層故人のことが思い出されて、古い硯箱を見つめて故人の摺った墨のあとを眺めている。元禄五年（一六九二年）作。

郭公《ほととぎす》声横たふや水の上

これは翌年、元禄六年の句だが、すばらしい名句と言える。ほととぎすの一声が水の上にひろがり、それ自体がおおきな鳥になっているという感覚で、一鳥の存在のおおきさを見事に表現している。このおおきな鳥の存在からみれば人間など、取るに足りぬ存在だと断言しているかのよう。

これにも推敲のあとがあって、初句は、

ほとゝぎす声や横ふ水の上

であった。

一声《ひとこゑ》の江に横ふやほとゝぎす

が第二推敲句なのだが、それよりも、現在認められている最終句がいい。「江」という具合に水の広さを限定するよりも茫漠としていたほうが大きさを想像できるし、「声や」と強調するよりも、助詞をとってしまったほうが表現が強く定着する。まこと、芭蕉は日本語の表現の極致を行く。

4　雪

月と花とくれば雪の句について考察しなくてはならないだろう。まずは次の句。

月雪《つきゆき》とのさばりけらしとしの昏《くれ》

俳句の対象として、ひたすら雪月花を追って一年が過ぎてしまったが、ふと気がつくと、世間では暮れだ正月だと騒いでいる。自分が俳人として、雪月花にだけ興味を持つのはなんだか寂しい。世の中に置いていかれる寂しさ、世の人と交際しない寂しさ、つまり雪月花が「のさばって」いるわが人生なのであった。それは言ってみれば人恋の境地でもある。貞享三年(一六八六年)の暮れの句。

きみ火をたけよき物見せん雪まろげ

寂しがっている芭蕉のもとに弟子の曾良が訪ねてくる。そこで喜んで火をたけと言い、大きな「雪まろげ」つまり雪玉を作ってあげようと子供のような遊びをしようというのだ。ここに示した二句は、俳人の生活を写しているが、それで満足出来る芭蕉ではない。同じく貞享三年の作。

雪と動物を詠みこんだ作品を論じてみよう。まず馬。

馬をさへながむる雪の朝哉《あしたかな》

『野ざらし紀行』の句である。天和四年・貞享元年（一六八四年）の冬景色である。雪の朝というのだから前日は雪が降らず、朝起きてみたら一面の雪景色でびっくりした、人間が驚いたのに加えて馬までびっくりして雪景色を眺めていると、馬の驚き心を中心にして雪を描いたところが、滑稽味もあって秀逸の句だ。もう降りやんでしまって朝日が輝いていたのか、曇って粉雪が降っていたかはわからない。前者のほうが驚きが強くて、馬の驚きも伝わってくるのかも知れない。

もう一つ雪と馬の句がある。この句に出てくる「むま」とは馬のことである。

ゆきや砂むまより落《おち》よ酒の酔《よひ》

愛知県田原市の伊良湖道で酒に酔って落馬するのも一興だろう。積もった雪は別に怪我などして驚かせることもないからな。峠から見える絶景を観ながら落ちて見ようじゃないか、とたわむれの一句。貞享四年（一六八七年）の作。砂と雪とどちらが柔らかいか知らないが、酒好きの芭蕉らしい、戯れの一句で、面白い。

雪の降る景色を何かに見立てて一句を詠むのが普通の俳人だが、芭蕉の句は、雪の朝の馬の動き、雪の柔らかさと落馬のたわむれ、雪と鳥の面白い対照という具合に、動物をいれることで雪の動きや質感までとらえている。

動物ではないが子供と雪で遊ぶ、天真爛漫な句もある。

雪の中に兎《うさぎ》の皮の髭《ひげ》作れ

降る雪の中で子供たちが遊んでいる。雪だるまのほかに動物を作っている子を芭蕉は応援している。兎の白い髭を作ってごらんよと言って、雪で種々な動物を作って遊んでいる子供たちに呼びかけている。元禄二年（一六八九年）の作。奥の深い句だ。五年後には死ぬ俳人の、子供の心になりきって詠っている姿は人間芭蕉の面目である

雪と猫の句も面白い。雪原を行くと、まだらに雪がなくて岩が露出している。風が吹き飛ばしたあとというより、動物が舐めたあとのようだ。物を舐める習性があるのはなんだろう。そうだ猫だという発想で次の句ができた。

山は猫ねぶりていくや雪のひま

会津磐梯山の西の峰は猫魔ヶ岳という。その名前の通り雪道を猫が歩いていたらしく、雪上に猫の眠ったあとが雪の隙間、いや穴のように見出せると言う

のだ。それは猫の孤独な旅の跡であり、可哀想な、また幾分滑稽な姿を描き出している。天和年間（一六八一～八四年）の句である。土地の名前をすぐさま猫の雪景色に利用するところに才気が感じられる。

雪についての芭蕉の俳句は三十句以上ある。つまり月と花とほととぎすに匹敵するほど多い。

初雪やいつ大仏の柱立《はしらだて》

奈良に行ったところ、大仏殿の復旧工事が進まずにいるのを見て残念がっている句である。

冬、露座の大仏は寒そうにしておられる。いつまでも、このまま放っておくのは恐れ多い。元禄二年（一六八九年）、芭蕉が詣でた時は永禄一〇年（一五六七年）の兵火で大仏の首が落ちて、惨憺たる様子であった。しかし、翌元禄三年には、頭が造られ、元禄五年には開眼供養が行われた。ところで、大仏殿の柱立ては元禄一〇年で、落慶は宝永六年（一七〇九年）と芭蕉の死後になされた。それを予感させるような「いつ大仏の柱立」であった。露座の大仏に雪降る様子は、深くほとけに帰依していた芭蕉にとっては耐えられない悲しみであったろう。

雪ちるや穂屋《ほや》の薄《すすき》の刈残《かりのこ》し

諏訪上下両社のお祭りで、萱《かや》や薄《すすき》で屋根を葺《ふ》いた穂屋での神事がある。冬の信濃路を行くと、そのときに刈り残した薄に雪が降って、いかにも寒々としている。雪の冷たさ、寒さとともに、その地方の伝統的な神事の跡を好ましく思い、俳諧に詠み込んだ暖かい俳諧師の心が感じられる。元禄三年（一六九〇年）作。

庭はきて雪を忘るゝ箒哉《はふきかな》

唐の寒山拾得《かんざんじっとく》の画賛句。寒山は箒で庭を掃いているが、雪を忘れてしまうほど、無念無想の禅の境地になっている。雪に執着する人が多いのに、寒山ときたら、禅の深みに入りこんで、すっかり雪を忘れている。たいしたものだ、という賛美が句の芯になっている。当時芭蕉は許六《きょりく》を師として画作に熱中していた。普通の俳人は、雪を描写するものだが、芭蕉は雪を忘れるという境地を大事にしていた。もはや風流も忘れてしまうことが大事だという境地に到達していたのである。元禄五年（一六九二年）、死の二年前の作。

貴《たふと》さや雪降《ふら》ぬ日も蓑《みの》と笠

寒さを凌ぐために蓑と笠をつけて、落ちぶれ果てた姿の小野小町を誉め讃えている一句である。一切を放下して「乞食《こつじき》」同然になることが、芭蕉でも究極の願いであった。この句は謡曲の観阿弥作の『卒都婆小町』に賛したものなのだ。老いた小野小町が、卒都婆に腰掛けるのを、都にのぼる僧がとがめる。卒都婆は仏体と同じだ。そこで小町が反論する。私は一〇〇歳になって、髪は白く、肌もかさかさで、かつての美女の片鱗もない。しかし、極楽ならともかく、現世では、私にもまだ花が残っている。従って座る功徳もあるではないかといい、僧に反撃する。僧が女の名前を聞くと小町の返答があり、僧はびっくりする。そのうちに、小町の声が奇妙に変わってくる。かつて小町の愛を得ようとした深草少将《ふかくさのしょうしょう》の怨念が小町に取りついたのだ。しかし、少将の怨念は去っていき、小町は功徳を積んで悟りの道に入りたいと合掌して去っていく。小町がたどりついたのは、即身成仏の道である。

即身成仏とは空海がおこした真言宗の理想で、生きているうちに成仏の境地になることである。この句を作った芭蕉は、真言宗の一番奥の悟りを知っていた。元禄三年（一六九〇年）、あと四年で命が尽きる芭蕉は仏典にも詳しかった。芭蕉は一切を放下し、蓑と笠を身にまとった小町の心を短い一句に掬い取り、なにげないように見せて能から真言宗の深部への信仰まで詠み込んでいる。

5　風

風を詠んだ句を問題にしてみよう。まず取り上げたくなるのが、帰り花のある一句だ。風と匂いとの関係を描いた見事な作品である。

凩《こがらし》に匂ひやつけし帰花《かへりばな》

蕉門の知人耕雪《こうせつ》の別荘へ行ったときの挨拶句でもある。木枯しが吹いてくると紅い花が揺らいでいた。強い風なのに匂いが流れてきて、風流な花だという。風に匂いや色をつけた所に、華やかな工夫がある。元禄四年（一六九一年）作。

木枯しやたけにかくれてしづまりぬ

ここでまず感心するのは、木枯し以外はすべてひらがなで書いたこと。ひらがなであるために、吹きやんだ風の感じが字づらからも感じられる。竹林の七賢人のように、吹いていた風がぴたりと止まって、そよいでいた風が竹林に隠れたように感じられる。漢文の国のお堅い賢人も和風の柔らかなひらがなの表現で、穏やかになった感じが出ていて、面白い。こういうところ、芭蕉の表現感覚は独自である。創作年次未詳。

風かほるこしの白根を国の花

風かおるとは、風が青葉の香りを漂わせながらさわやかに吹いていることである。残雪を夏になっても見せてくれる白山《はくさん》は、まさしく越前国の花であろう。むろん、越中からもよく見える。羽田から小松に向かって飛行機に乗って、ふと下を見ると白山の残雪が美しく輝いているのが見える。下界に降りても、遠くの高い所に連なる白山は実に美しい。

ここでも風と香りが渾然となっている。芭蕉は風の匂いが好きなのだ。元禄二年（一六八九年）作。

風の香も南に近し最上川

最上川を渡ってくる薫風は南から吹く。その香りが南に近いこと、そこに最上川が滔々と流れていること、これらを一気にこの句にまとめた芭蕉の素早い力量は無類である。元禄二年（一六八九年）作。

さゞ波や風の薫《かをり》の相拍子《あひびやうし》

古く、さざ波地方と呼ばれていた琵琶湖には、その名前の通り、さざ波が立つ。そのさざ波と薫風が、能の相拍子のように息が合っている。つまり笛や鼓のようにさざ波と風とを俳句のなかに詠みこんでしまったというのだ。元禄七年（一六九四年）すなわち没年の作。

風と匂い、または風のかおり、の次に考察したいのが風と色である。風色という言葉は日本では人の態度や、物事の様子を指すことが一般に用いられているが、中国では風色というのは普通に使う言葉で天気のことを指す。また風光とおなじく景色の意味もある。さらに風に色をつけた状態を指している。この最後の色のついた風を句にしているのが芭蕉だ。

風色《かぜいろ》やしどろに植《うゑ》し庭の萩

庭の工事を始めたが、それがまだ未完成で、不揃いに植えた萩が紫紅色の花をつけている。そこに秋風が吹きつけてきて、萩は風の力でしないつつ揺れている。庭がまだきっちりできていないので、かえって萩の揺れ方に風情がある。「しどろに」はまだ整わないで乱れている光景を言う。

この句には遺稿が残されていて、句作の苦心の跡をたどることができる。芭蕉は最初「風色や」か「風吹くや」と吟じて、どちらにしようかと迷ったらしい。しかし、後者の表現はあまりにも通俗だと思い、「風色や」に新表現があると思い至りそれで句作を続けることにした。最初の詠句はつぎのようだった。

風色やしどろに植《う》る庭の萩

「植る《うう》」という現在進行形では作庭に現在から未来への変化が生じてしまい、せっかくの萩の紫紅色が風の色としては弱くなると気付いた。そこで「植し《うゑ》」と過去形にしてしまえば、萩の色に変化がなくて、風は現在の紫紅色の動きをとらえることができる。そこで、現在形を没とした。僅かな言葉の差が風色という表現を弱めていることに芭蕉は気付いたのである。そこで、思いついたのが、萩と断る必要はないだろうということだ。秋の花と言えば萩にきまっている、として次の句に替えてみた。

風色やしどろに植し庭の秋

しかし、この「秋」では、表現が漠然としていて弱いと気付いた。雑木林は秋にすべてが葉の色を変える。にぎやかでいいが、風色を示すにはにぎやかすぎて秋の寂しさを取ってしまう。これでは駄目だと、決定打を出したのが最初に示した句である。もう一度吟じてみようか、

風色やしどろに植《うゑ》し庭の萩

すばらしい。背の低い、風でばらけてしまう茎の弱い萩が、そのままで秋の予感を表現しえている。しかも、秋の足音は速く、萩の色は濃い。あまりに濃いので風を染めてしまうのではないか。元禄七年（一六九四年）没年の作。

風には木々のかおる匂いがあり、花を映す色がある。むろん動きもある。ただしこの動きは、同じ方向に一斉に動くのではない。私は高原の森を好んで散策するが、梢を見上げると、あるところは盛んに動き、その反対に静止してピタリと動かぬ所がある。それは台風のような大風の時も変わりはない。逆に言えば風には通り道、すなわち風の筋があって、森の木々をさまざまな風姿で動

かしているのだ。目を閉じれば、森はごうごうと鳴って、森の木々が一斉に鳴るように聞こえてくるが、目を開けば、風はおのれが好む道をあちらこちらと、ばらばらに動いている。

嵐山藪《あらしやまやぶ》の茂りや風の筋《すぢ》

京の嵐山には竹藪が多く、特に中腹から麓には、広い竹藪が続いている。無論その後の桜の名所を目指した人工の作業で、竹藪は減っていったらしいのだが、芭蕉のころには、青々と茂った竹藪の山であったろう。すると、私が経験したように風は竹藪のあるところ、芭蕉が、「風の筋」と詠んだ、風の通り道があって動きと音をだしていた。それを、この句は見事に描き出している。元禄四年(一六九一年)作。

風がその通り道を持っているために、ちょっと離れるとまったく違った山野の光景が見られる。たとえば、嵐のために桜の花がみんな吹き飛ばされているのに、山の中に入ってみると、嵐などどこへ行ったと笑っているような平和な満開の花景色が見られることを詠んだ作品がある。

鸛《こふ》の巣に嵐の外《ほか》のさくら哉

鸛《こうのとり》は、芭蕉の時代には、ちょっと山の中にはいると高い木の上に巣を作って棲んでいた。そして桜の花は満開で、嵐の荒れくるっている下界とはまったく違う景色を見せていた。嵐の日に、芭蕉はおそらく風の筋をもとめて、山奥をあるいたのであろう。花を散らし葉を散らす嵐の狼藉を避けた桃源郷が不意に開けてくるのを見つけて得意満面の芭蕉の姿が目に見えるようだ。貞享四年（一六八七年）作。

さて一転して、さびしい秋の風を詠んだ句にいこう。まずは「秋来ぬと目にはさやかに見えねども風の音にぞおどろかれぬる」という『古今和歌集』の藤原敏行《としゆき》のような音や冷気で秋を知る。そこで、芭蕉はひとひねりして、秋は耳から来たと詠んだ。

秋来にけり耳をたづねて枕の風

立秋の朝、寝室の枕元で、かすかに涼しい気配があった。秋の来たことは目ではっきり察知できないが、閨《ねや》で、かすかに感じる冷気が耳には感じられた。この場合、働いたのは音ではなく、耳朶《じだ》に触れた冷気であるのが、芭蕉の抜きんでた感覚である。芭蕉若き日の傑作である。延宝五年（一六七七年）作。

蜘《くも》何と音《ね》をなにと鳴《なく》秋の風

秋といえば虫の鳴き声だ。秋風の寂しさを盛んに鳴きたてる虫にもとめず、かえって鳴かないで沈黙を守る蜘蛛にもとめた。こういうのを逆転の感覚とでも呼ぶのだろうか。作句の平凡な感覚を、非凡な感覚でひっくり返している。これも若き日の特異作だ。延宝八年（一六八〇年）作。

東《ひがし》にしあはれさひとつ秋の風

西の京都白川の口と東の白河の関のどちらにも秋のさびしい風は吹いていると詠んだ。能因の白河の関の和歌を下敷きにしている。「都をば霞とともに立ちしかど秋風ぞ吹く白河の関」が京都の白川の口と東国の白河の関とを、同時に思いださせるのを、俳句では所の名前を言わず、名歌の教養をちらつかせるだけで、名句にしたてあげた。古典が古典を呼ぶ妙は、さすが芭蕉の学殖と才能である。貞享三年（一六八六年）作。

見送りのうしろや寂し秋の風

これは、友と集まっていたが一人去っていく後ろ姿を、みんなが見ていて秋風の寂しさを感じたというのである。まずは別れの寂しさがある。遠ざかって小さくなっていく後ろ姿の寂しさがある。さらに、去る人の裾や笠が秋風にゆらめく寂しさがある。心は二重、三重に秋風の風情を感じている。最後の裾をまくったり笠をゆらしたりする光景は、私が勝手に想像したものだが、どこかで、秋の風の強い力をこの句から覚えたので、あえて加えてみた。元禄元年（一六八八年）作。

6 雨

雨と直接詠いあげた句はあまり多くないが、いくつか拾いあげられる句が見られた。

象潟《きさがた》や雨に西施《せいし》がねぶの花

象潟（秋田県にかほ市）は景勝地であったが、その後陸地になって、昔の景色をしのぶよすがもない。蘇東坡《そとうば》の「湖上ニ飲ミ初メ晴レ後ニ雨降ル」より想を得ている。詩中で西湖を美人西施にたとえたことを受けている。雨はけぶっている。しかし雨に濡れたねぶ（ねむ）の花はあの美人西施が目をつむっているような趣があるというのだ。雨と目を細めた美人とが、静かな美をかもしだしていて、古典と目前の景色が溶け合った句である。『おくのほそ道』にある句。

紙ぎぬのぬるともをらん雨の花

紙ぎぬというのは柿渋を塗った紙の衣である。急に降り出した雨であるが、紙の衣が濡れてもこの美しい花を手折って持ってかえろうというのだ。何の花か知らないが、庵に飾って過ぎていく春を見送ろうという。ちょっとした動作だが、雨に弱い紙衣が駄目になっても野の花は持ちかえりたいという。芭蕉の優しい心根と決然とした態度とが雨を蹴ってさわやかである。貞享五年（一六八八年）作。

つぎに五月雨、梅雨を詠み込んだ作品に目を向けよう。これには秀句が多い。

五月雨《さみだれ》にかくれぬものや瀬田の橋

このあたり、連日の雨に濛々《もうもう》とけぶって、何も見えないのに、瀬田の大橋だけははっきりと形全体が見える。瀬田の大橋は日没の景色を本来の名所の所以《ゆえん》としているが、なに、長雨ぐらいでは、見えない所がないのも名所たる特徴だ。この長雨には、あたりの景色は白くけぶっているけれども、それでも古今の名所には見どころがいろいろある。すなわち瀬田の大橋を登場させる古典が現在の雨霧を拭い、過去の美しい景観を示してくれるという、極端に言えば何も見えなくても美しいというわけである。見えない富士の美を誉めた芭蕉風の感覚である。

五月雨の降残《ふりのこ》してや光堂《ひかりだう》

『おくのほそ道』に入っている名句である。五月雨というのは、毎年、沢山の雨を降らして家や物を濡らして腐らしてきた。この光堂も、昔から雨に濡れ、腐っていくという運命にあるのに、しかし、その黄金は腐りもしないし古びもせずに、凛として昔の姿を保っている。まるで、五月雨がそこだけ降り残したようである。自然の長い間の攻撃にも耐えているその金色の強さは、人間の大きな力が自然に耐えていることを示している。まさに平泉中尊寺の信仰の強い力を示しているようだ。なんと神々しい姿であろうか。

さみだれをあつめて早し最上川

これも『おくのほそ道』の名句である。毎日毎日降り注ぐ膨大な雨は最上川を今にも氾濫させようとしているように、轟々と流れている。

芭蕉は最上川の急流を下った経験もあり、水の力の強いことを身をもって体験していた。五月雨の雨の力が強いこと、それが洪水を起すように強い力を持っていることを、一句で言いつくしている。

五月雨や色帋《しきし》へぎたる壁の跡

元禄四年（一六九一年）の作。『嵯峨《さが》日記』に収録されている。

嵯峨の落柿舎《らくししゃ》を出るときに、部屋の中を見まわすと、昔は豪奢な建材で飾り立ててあったのだろうが、今はすっかり傷んでしまい、壁には色紙を無造作に剝ぎ取った跡が見える。そして外には雨が絶え間なく降って、ますます家の中の荒廃をひどくしている。

金色堂とはあべこべで、人間の弱さが強調されている。しかし、芭蕉には荒廃もまた人間の造りだす美であるという見識はあった。そこで芭蕉においては矛盾が両立する。金色堂の人為の美を誉め、落柿舎の人為の美のはかなさを嘆く。ともに対極にいながら両立している。

五月雨は滝降《ふり》うづむみかさ哉

阿武隈川の上流にある滝を観ようとしたが、五月雨による増水で川止めに遭ったとまえがきにある。この連日の大雨では滝も水にうずまってしまうだろう。「みかさ」とは水嵩《みずかさ》と言う意味で、大小の滝も、大雨にはかなわずに水に沈んでしまうと言う意味。元禄二年（一六八九年）作。

さみだれの空吹《ふき》おとせ大井川

空には雨雲が黒く覆いかぶさり、あまりの大雨に川が溢れんばかりで、川止めになった。これが何日も続くと宿に籠っているばかりで旅の計画がめちゃくちゃだ。おーい、大井川よ、その急流のような力で空を吹き飛ばしてくれよ、とさけびたくなる。と言っても、空は答えず、水嵩に変化はないので、ますます困った気が強くなるばかりだ。困った雨だよ。

吹き落せと言うのは芭蕉の心からの願いだが、そんなことができるわけはないに決まっている。苦笑いしながら宿から大井川を眺めている芭蕉の姿が目に見えるようだ。

さて、つぎは「しぐれ」に行こう。秋の末から冬の初めにかけて、降ったりやんだりする通り雨である。ひとしきり続くものを指してしぐれという。蟬しぐれなどがそれだ。

一尾根《ひとを ね》はしぐるゝ雲かふじのゆき

白銀の富士の高嶺は美しい。なにもかもまっしろだと見つめていると、一群の雲がゆっくりと移動してくる。その雲の様はどう見ても時雨雲だ。雲のそばに人がいれば、好天気の壮大な眺めを汚す、とんでもない時雨雲だと嘆いていることだろう。しかし、全山真っ白の峰に時雨雲が襲いかかるというのも、また面白い取り合わせだ。この矛盾した光景にこそ、自然美の迫力が見られる。

貞享四年(一六八七年)作。

作りなす庭をいさむるしぐれかな

庭造りをしていると不意に雨が降ってきた。初めは嫌な雨だ、庭造りの邪魔をしていると思ったが、よく見ると泥だらけの植木を洗ってくれるし、冬の風物詩とも言える冬葱を綺麗にしてくれる。ここにも、自然現象の矛盾が、自然の二極性がある。人間は自然の変化に人為への邪魔立てだけを見て立腹するが、それは間違いだ。元禄四年（一六九一年）作。

宿《やど》かりて名を名乗《なの》らするしぐれ哉

時雨が降ってきたので、知らぬ人の家に逃げ込み、さておたがいに名乗って挨拶する。雨はますます勢いを増して土砂降りになった。家の主人はそれを見て、自分の人助けを誇りに思う。こちらは感謝の念を伝える。ちょっとした拍子に生まれたこの温かい人間関係のさまをこの句は語り、人を苦しめるかに見える自然の仕業を、一転した恵みに変える不思議な人間の技を讃えている。元禄四年（一六九一年）作。

初時雨初の字を我《わが》時雨哉

「初時雨」は冬の季語である。したがって蕉門の人々が連句の集まりをするときに、初対面の人に、この句を贈り、挨拶代りにしたという。この句を見て、まず気が付くのは、漢字が多く、黒々としている、つまり四角張った挨拶と見えることだ。と同時に挨拶の度が過ぎて滑稽にも思えることだ。そこに初見の人とも笑いあえる余裕もほの見える。芭蕉の俳句に見える状況の多重化が面白い。

この句がいつ生まれたかは不明らしい。元禄年間、つまり芭蕉の晩年だとされている。蕉風が出来上がって、みんなにお師匠としてあがめられていた芭蕉の姿が彷彿される句だと思えば興が深い。

白芥子《しらげし》や時雨の花の咲《さき》つらん

白芥子は白い薄い花である。美しいがよわよわしく、万物の生命が絶えるという事実を花自身が示しているようにも見える。時雨は不意に降り注いで人を襲うかのようだが、実は優しい雨なのであって、その庇護を受けて人も和むことも多い。その優しい庇護の側面を見ると、時雨と白芥子は似合いの関係を持つとも言える。芭蕉のこの句は、激しい雨である時雨が白芥子と組んでいるところが面白い。

この句も制作年代が不明である。私には芭蕉晩年の作品としか思えないが。

初しぐれ猿も小蓑《こみの》をほしげ也

伊勢から山越えで故郷の伊賀に帰ろうとしていると時雨が降ってきた。景色をめでて四方を見渡すと、すぐそばの木の上に猿がいた。こちらが蓑で雨除けをしているのを見て、うらやむ気色である。そこで猿に小さな蓑を買ってやろうと考えている優しい芭蕉の心を詠んでいる。元禄二年（一六八九年）作。

冬場の寒さを示す時雨を猿と蓑との取り合わせで、猿芝居の道化にまで連想させる句に仕立てあげた。にぎやかで滑稽な猿芝居は蕉門の目指す「不易流行」の句作をも示している。

「不易」は永遠性を指す言葉である。しかし俳諧には「流行」という刻々に変わっていく新風を目指すことも要求される。ここにも矛盾を重んじる芭蕉の要求が見られる。俳諧の妙は歴史、伝統を深く知り、たとえば能の世界に通じていることと、新しい世界を知り、これによって表現に深さと広さを示さねばならない。まことに難しい道行ではある。

7 冬

冬は正月を含み、新しい一年の出発点として何度でも詠む大切な季節であった。その冬の扉を開けるのが梅である。

先祝《まづ》へ梅を心の冬籠り

今は仮に世を忍ぶ冬籠りをしていても、百花に先んじて冬に咲く梅の花を思え。冬籠りの境遇にあっても、おのれが梅のように一番先に美しい花を咲かせようと思う矜持を持とうぞ。

この一句は『古今和歌集』の紀貫之の「仮名序」を下敷きにしている。「そへ歌」としてあげる、王仁《わに》が仁徳天皇の即位をおすすめした歌である。すなわち「難波津に咲くやこの花　冬ごもり今は春べと　咲くやこの花」という梅の花を仁徳天皇になぞらえ歌ったのを真似ているという説が一般らしい。それはともかく、芭蕉が梅の早咲にならって冬ごもりから抜け出し、おのれを祝う心地になる意気込みはしかと読みとれる。貞享四年（一六八七年）作。

面白し雪にやならん冬の雨

年賀の会というのに、雨が降ってきた。冷たい冬の雨で寒くて陰気だ。が、ふとこの冬の雨が雪になると思うと面白い。発想の転換で、冬の寒雨が白銀の世界に変化するのを待ち望んでいる気持ちをきっかり表現している句である。雪であれば、芭蕉は子供たちと遊べる、もっと雨よ降れ、寒くなれと喜んでいる芭蕉だ。貞享四年（一六八七年）作。

冬しらぬ宿やもみする音あられ

冬の寒さなど知らないはずの、この大和の国の宿屋で、籾摺《もみずり》で玄米を作っている。その音はまるで本当の霰《あられ》が降っているようにも聞こえる。温かい室内で霰という冷たい物の降る音を聞いているのも一興だというのだ。貞享元年（一六八四年）、芭蕉四一歳のときの、穏やかな冬の情景だ。農家の働く人の息と機械の音が混じって聞こえる、冬の音の句。

冬牡丹千鳥よ雪のほと、ぎす

雪積もる庭に面して牡丹と千鳥とを配し、新年の雅会を巻いていると、千鳥がほととぎすのように鳴いた。手の込んだ趣向の妙は、夏になってほととぎすの鳴くのを待ち焦がれている人々に、千鳥がほととぎすに変化すれば、という望みを起こさせる。同時に雪景色が牡丹と千鳥によってこそ美しく見えるという満足感を与えてくれる。この冬と夏の二重構造の句、趣向の面白さで際立っている。貞享元年（一六八四年）、四一歳の作。

冬庭や月もいとなるむしの吟

上に見えるのは、細い糸のような月で、まさに冬の庭の上に寒そうな姿を見せている。同時に庭の草むらの虫の鳴き声も糸のようにか細い歌を聞かせている。「いとなる」を月とむしの両方の形容にした句。上の月も下のむしも、ともに冬の寒々とした庭の添え物としてふさわしい。元禄二年(一六八九年)作。

其《その》まゝよ月もたのまじ伊吹山

冬になると伊吹山は真っ白に化粧され、伊吹おろしの凍った風を送ってくる。その巍々《ぎぎ》と聳える姿は美しいよりも、激しくて見る人を震え上がらせるようだ。世に、伊吹山は月雪花の風流の欠けらも無い恐ろしい自然の姿だといわれている。それを俳諧の世界として詠いあげるには相応の覚悟がいるぞと芭蕉は喝破した。爽快である。元禄二年(一六八九年)作。

金屛《きんびやう》の松の古さよ冬籠

弟子の野馬《やば》たちと連句の会を巻いた時の発句として詠んだ句。金屛風の金地は古くなると、なんとなく光を失い、描かれている松も、古びて、しかし落ち着いた色合いになる。銀屏風が涼しげに、つまり冬は寒々とした気配になるのに、金屏風には寒さに耐えている温かさがある。ところで、この一句を作るために、六句の推敲句が捨てられたので、芭蕉が金屏風の風景を愛でて、立派な発句にしたいと思っていた熱意のほどが知られる。

屏風には山を絵書《ゑがき》て冬籠

都になると、松の渋い色より、冬景色風の趣向がいいといいたくなる。広々とした景色で、それ故に寒さが強調される絵になっていた。「絵書《ゑがき》」というからには、山の絵は大きく松は数多く、絵画という感じであったのかも知れない。次に示す句は、その絵画性がもっとはっきりと出ている。

屏風には山を画て冬籠

こうなると絵画の方がはっきりしてくる。山の形が問題になる風景画だとはっきりわかる。

松の方を詠んだ句が四作ある。山の景色を描くか、松そのものを描くかで画家の目は違ってくるからだ。松は古びて大きい。金屏風のかなりの面積を松の絵が占めているようだ。

金屏風の松のふるびや冬籠
金屏に松のふるびや冬籠り
金屏の松もふるさよ冬籠
金屏の枩《まつ》のふるびや冬籠

やれやれ俳句は一句作るのに大変な感性と思考とをつかわねばならぬ。その努力は大変ではあるが、楽しみでもある。一語一語に、接頭語、接尾語、仮名遣い、そして切字、少しずつ完成句に近づく。連句を巻くとなれば、議論もあれば賛成もある。やっと出来上がった一句に、芭蕉が「これだ」という決定を下すまで、ああでもないこうでもないという選択と議論と工夫の連続だ。これが面白いのだし、芭蕉の決定句ができて、弟子たちをなるほどと納得させるだけの力を芭蕉は持っていたことが、弟子たちにわかることが素晴らしい。元禄六年（一六九三年）作。

先に行こう。

葎《むぐら》の宿に引きこもって冬ごもりをしていると、冬野菜売りが立ち寄ってくれるくらいが来客になってくる。野菜売りではあるが、ひさしぶりに人が訪ねてくれるのだから、友達のように懐かしい。世間話や誰彼の噂話に興じたりして、つい奮発して沢山の野菜を買ってやるということになる。当時は酢売り、箸売り、漬物売りなどがいて、お得意さんの家を順々に巡っていた。葎は八重葎、金葎などが草むらに生い茂っていて貧乏人や隠者の好みになっていたらしい。

さしこもる葎《むぐら》の友かふゆなうり

と芭蕉は詠んで、自分が隠者になった気分で冬菜売りを友達扱いしていた様子が、きっかりとした作品になっている。元禄元年（一六八八年）作。

寒菊や醴《あまざけ》造る窓の前《さき》

甘酒を作っている台所の窓のすぐ向こうに寒菊が咲いている。寒菊は、秋の末から冬の初めに、黄色や白色のかわいらしい花を咲かせる。今、芭蕉が見ているのは、台所の外側であろうから、去年の種がこぼれて居たのが芽を出したのであろう。

甘酒はもち米を粥にして麴を混ぜて温め、一夜寝かせればできあがる。その作業をしつつ、窓の外をみると寒菊が目にとまり、その可憐な姿に目を細める。心和む冬景色である。元禄六年（一六九三年）作。

元禄六年には同じ構造の句がほかにある。

寒菊や粉糠《こヌカ》のかゝる臼《うす》の端《はた》

台所で米搗《こめつ》きをしている臼のわきに寒菊が咲いている。秋末から初冬にかけて咲く黄と白の小さな花がこの寒さに震えている姿が可愛らしい。素直な句で、芭蕉に言わせれば、同人には見せられぬ平凡な句だというのだが、私には臼のわきにそっと咲き出ている寒菊に配る芭蕉の優しい視線に、心温まるようだ。

つぎの菊の氷の句も、ふと見ると菊が露に濡れている。もっとよく見ると露は氷っている。というだけの句なのだが、それが自然への愛情の視線を感じて好ましい。

一露もこぼさぬ菊の氷かな

菊という秋の花に露がかかっていると思うと、露は氷っていた。外は寒いのだ。しかし、氷った露の外光に輝くところは実に美しい。風が吹いても、びくともせぬ立派な細工物である。この侘び住まいの庵にも、様々な自然の美が示されていて、実にたのしい。これも元禄六年の作で、三句とも同じ甘酒作りの日の小景であった。

寒菊をごく自然に詠み、菊の氷った露の美しさを、自分は温かい庵の内にいて見ているというだけなのだが、すぐ近くの台所の下の花の様子に秋の名残りを見出し、やがて咲く梅を望んでいる内心を書かずに読者に想像させている。句作の手腕のかろやかで、自然なところがすばらしいし、庵の狭い庭にも、あまねく目をめぐらして、句作に喜びを見出している芭蕉の心が気持ちがいい。

8　春

つぎは春。

春もや〻けしきと〻のふ月と梅

月が靄の中でうるんで見え、梅の蕾《つぼみ》もほころんできたので、たしかに春が来たように思える。寒さもどこかに隠れてしまったようだ。三寒四温で落ち着かなかった日々も温暖、温和が続いて嬉しいものだ。たしかに春が来てその季節が定着したのだ。ひらがな書きのやさしい表現はすらすらと読めて気持ちがい い。元禄六年（一六九三年）作。

春雨のこしたにつたふ清水哉

梢をけぶってみせている春雨は、幹や新芽をつたわり落ちて、清水になる。西行庵の近くで詠まれた和歌を下敷きにしていると言う説もある。『野ざらし紀行』には「露とく〳〵心《こころ》みに浮世すゝがばや」の苔清水の句が収められている。清水は美しく澄んでいるが、ただ澄んでいるのではなく、木の幹の精気によって清らかに澄んでいるのだ。それを発見したのは西行だという先輩への謙虚さが句ににじみ出ている。「こした」という言い方が舌足らずで「このした」という常套句の表現ほど整っていないところ、くねくねした幹を雨水が下に流れていく情景があざやかで面白い。貞享五年（一六八八年）ごろの作、

『笈の小文』所収。

入《いり》かゝる日も程《ほど》ゝに春のくれ

春の夕日は沈むまえに赤い靄で彩られる。のんびりと暖かい一日を過ごしたあとに、柔らかな赤い靄が美しく優しく西の空を染めている。このような日没は、夏の焼きつくような夕日、秋の輪郭のはっきりした夕日、冬の弱々しい、雪に消えるような夕日と違って、靄の力で輪郭が柔らかにひろがる、特別の春のくれなのだ。元禄二年（一六八九年）作。

鐘つかぬ里は何をか春の暮

夕暮れとともに入相の鐘をつくのが、世のならいなのに、この里は鐘をつかない。なんだか落ち着かない。「何をか」は、何か異変があった感じを与える言葉である。人が亡くなって、僧侶は鐘つき堂を離れて檀家の家で経を読んでいるか。ともかく、春の入相の鐘がないので、落ち着かない芭蕉の鋭い耳が、鐘の音のないのをとらえて、無常を思うまでにいたる。やはり元禄二年の作。

さて夜になるとどうか。

春の夜や籠リ人《ど》ゆかし堂の隅《すみ》

暖かな春の夜、桜井の長谷《はせ》寺に来てみると、堂の隅に人の気配がした。さて誰が誰に恋して、御堂の隅で物思いをしているのかしら。ともかく恋の思いで昔から有名な寺であるからには、なんとなく気になってしまう。長谷寺のおぼろ月夜の恋の思いが、古人の昔から今にいたるまで、変わりもせずに、春の夜を人恋に適当なところとしている。よきかな、春の夜、温かきかな人のこころ、こころよきかな冷えた春風。想いはつきず、寺の隅は、とくに人の心を温かく深くしている。貞享五年（一六八八年）作、『笈の小文』所収。

はる立《たつ》や新年ふるき米五升

天和四年（一六八四年）の新年になったけれども、我が家には、去年の米五升しかない。わずかな侘び住まいではあるが、五升あれば十分食っていける。ありがたや、ありがたや。芭蕉は本気だ。お節料理などないが、米があれば困りはしない。万歳というわけだ。この初句はつぎのようだった。

我富《とめ》リ新年古き米五升

これでは、威張り過ぎと気づいて、もう少しおだやかなのが、次の句らしい。

似合《にあは》しや新年古き米五升

清貧を自慢するような響きがあって、芭蕉は気に入らなかった。

結局最初にあげた「はる立つや」の句に落ち着いたらしい。それにしても米五升で正月を過ごせるのか。誰かが訪ねてきて、酒肴があってこそ正月なのだろうから、句作も、なかなかお膳立てが難しい。天和か貞享か。いずれにしても、普通の正月ではない。深川の草庵に来た初期の作品と読める。自分の貧乏を世捨て人という諦念にぴたりと一致させているぞという気持ちはあるのだが、まだその気持ちが安定していない。結局、最初に示した「はる立つや」という自分の置かれた状況を淡々と詠んだ句が、力まずに自然で、最上の表現であった。

木曾の情《じやう》雪や生《はえ》ぬく春の草

木曾義仲こそ、芭蕉が敬愛する武将であった。

木曾の山の奥に隠れていて、不意に平氏を急襲して都に攻め入る。田舎の荒々しい男が、京で高位の公達になって威張っていた平家の武士たちを、たちまちに一掃した。その義仲の所業が、積もった雪を撥ね除けるような春の草の生命力の強さを示していて面白いと芭蕉は詠んでいるのだ。芭蕉は生前義仲《ぎちゆう》寺の義仲の墓「木曾塚」の近くに庵を結んでいて、死後は塚の横に自分を葬るように言い置いていた。塚のあたりの四季の眺めをこよなく愛し、それを知らなければ、よい句は生まれてこないと門弟に語っていた。四季の眺めは、義仲の心中を知ってこそ、それを写しても強い感銘を受けるとも言っていた。

この一句にこめられた俳人の心の深さを読み取ることこそ、芭蕉の俳諧の謎を解く鍵である。元禄四年（一六九一年）作。

春の夜《よ》は桜に明《あけ》てしまひけり

春の夜の帳《とばり》が引きあけられると、まるで美しい芝居の幕開きのように江をめぐる桜が暁の光に照らし出されてきた。前夜から続いていた花見の宴があかあかとした光に一層楽しく美しく見える。春は夜も、朝もいい。寝るのはとっくに忘れてしまったが、朝になったと分かっていても、まだねむる気にならない。夜も朝も昼も春はいい。

こう読めてくると、今の人々の花見の乱れた、しかもほんの数時間ほどの花見などは、まるで花見ではないと芭蕉に叱られそうだ。春という季節に対する態度、花見に対する熱意は、芭蕉のほうがずっと真剣で美しく、自然の奥の奥まで見抜くほどの力を持っていたと言わざるを得ない。元禄年間作で年次は不明。

二日《ふつか》にもぬかりはせじな花の春

元日の朝は酔ってしまい、初日の出をみそこなってしまった。そこで二日に日の出を見ることにした。春の朝の暁の桜を見るのに、「二日には」とするのは、「あまり平目にあたりて、聞なくいやし」と避けたという話が残っている。「二日にも」の「も」は詠歎の助詞で、「二日に」とするのと同じである。しかし「字足らず」となって形が悪くなる。わずか一字だが、一字でもおろそかにしないところが芭蕉の面目である。

井本、堀両氏注解の『松尾芭蕉集①全発句』には、去来の「凩の地迄おとさぬしぐれ哉」を芭蕉が「地迄とかぎりたる迄の字いやし」と教え、「凩の地にもおとさぬしぐれ哉」と改めさせたとあり、私は大いに啓発された。漢字とひらがなの用い方を芭蕉は教えている。貞享五年（一六八八年）作。『笈の小文』所収。

春雨《はるさめ》やふた葉にもゆる茄子種《なすびだね》

細かい粒の春雨が降っている。その雨のなかに、自分が蒔いた茄子の種から双葉が開いている。雨も植物も春になると、自然が目を覚ましたように、活動しだす。雪で氷って動かなかった植物もやわらかな双葉を赤ん坊が両手をあげて伸びをするように開いてくる。

自然は天も地も呼応したように、明るい誕生の運動を始める。「ふた葉にもゆる」運動である。なんと、不思議で、美しく、可愛らしいことだろう。元禄三年（一六九〇年）作。

ところで、この句には推敲ではなくて、別の記述の句もある。「春雨」を「こまか成雨《なる》」と書き、「ふた葉にもゆる茄子種」を「二葉のなすびだね」と記すのだ。すなわち、つぎのような句になる。

こまか成雨《なる》や二葉のなすびだね

この二句、どちらがいいか。前者は漢字を用いて春雨とふた葉の茄子種とを、かっきり書き分け、写生に徹していて、感情をはっきりいわずにいる。後者はこまか成雨《なる》と言って、春を抜いておだやかな、母の手のような雨を描き、二葉にもゆる力を持つ茄子ではなく、赤ん坊のように「なすびだね」と呼びかけている。私にはどちらの句も素晴らしいと思えるが、みなさんはどうだろうか。

春雨や簑吹《みのふき》かえす川柳

しとしとと静かに降る春雨ではあるが、今日は風が強く、細く軽く下がっている春の川柳が吹きあおられたかと見えて、せわしない。川端の道を行く人も蓑をふき飛ばされそうになって難儀している。波が高い川を船漕ぐ人も蓑を翻されて船を進めるのに苦労している。こんな強風はめったにないことだから、むしろめずらしげに、芭蕉は川柳や通行人や船頭を眺めている。他人と話す余裕がなく、したがって人の声がなく、風音だけが雨音に混じっている景色がめずらしい。作句の年は不明で元禄年間だということしかわからない。

春雨や蜂の巣つたふ屋《や》ねの漏《もり》

こちらの春雨は静かに降っている。元禄七年（一六九四年）作。この年の一〇月一二日に芭蕉は死去するから、この句は関西の故郷に旅発つ前、深川で春をむかえた時の句であろう。春雨に降りこめられて、所在なく外を眺めていると、藁屋根の端に濡れてしょぼくれた蜂の巣があり、屋根から雨雫が滴り落ちてくる。この音なしの春雨は、どこか寂しい。雨音も、川の波音も単調な繰り返しで、うすら寒い。死の予感に満ちた一句である。

9　夏

つぎに夏。

夏来てもたゞひとつ葉の一葉《ひとは》哉

多くの草木は、数えきれぬ沢山の葉を茂らしているのに、この羊歯《しだ》の一種の「ひとつ葉」は年中一枚の葉だけだ。そのたった一つの葉に自足しているとは、なんとまあ変わった植物だろう。

この羊歯はウラボシ科の常緑である。二〇センチほどの厚い葉一枚で多年生だ。

頑固で変わった羊歯で、他の植物とは全く違う風変わりな形を保っていて、図太く生きている。他人とあまりに違った顔をしていると恥ずかしがる人が普通なのに、ひとつ葉ときたら暑い夏なのに、厚い着物をきて傲然としている。

頑固に自分の生き方を貫きとおしてきた芭蕉も、この植物には畏敬の念を覚えずにはおれなかった。貞享五年（一六八八年）作。

芭蕉は、冬の寒さに震え、夏の暑さにまいってはいるが、それらの季節を嫌ったり、避けようとしたりするよりも、四季おりおりの変化を楽しむ境地にいたと思う。むろん寒さに苦しんで暖をとろうとし、暑中には涼を求めて山登りしたりしている。しかし、四季の変化を、それこそが天のあたえた恵みであり、四季の変化に即応する文化を生み出した源泉であると思い、人生の喜びであるとみなしていたようだ。

石の香や夏草赤く露あつし

栃木県の温泉大明神《ゆぜん》の裏手の山腹に殺生石《せっしょうせき》というのがあり、絶えず有毒ガスを噴き出し、夏草は赤く焼けて、そのあたりの露は熱いという。浅間山の近くに石尊山《せきそんさん》という山があり、泉が噴き出すとすぐに真っ赤になる。学者の説明では赤くなる泉は鉄分が多いからだという。石尊山では、血の滝、血の川と呼んでいるが、たしかに夏になると、異臭を発してくる。それとおなじような赤いガスを出す所があるのだろう。

自然にはそういった不思議な泉やガスの噴出がある。夏に見たなおさら暑い景色を詠んでいる芭蕉は、自然の神秘ないとなみを怖れ敬う境地であったろうか。元禄二年（一六八九年）作。

夏艸《なつくさ》に富貴を餝《かざ》れ蛇の衣《きぬ》

蛇の脱ぎ棄てた皮が、びっしりと地面を覆うた夏草の上に、のっている。多分、木の枝から落ちたものであろう。夏草もこのようにびっしりと生えて他の植物を寄せ付けないと、傲慢で嫌味である。それに美しくもない蛇の抜け殻をのせるとなると、装飾過剰でちっとも美しくない。四季のそれぞれの美と言っても、あまりに傍若無人だと美しくない。この句は元禄三年（一六九〇年）に友人洒堂《しやどう》への手紙にあった隠し句である。よほどムシャクシャしていたと思える芭蕉の即興句である。人間芭蕉が、親しい友人に書いた内々の句なのだが、こういう時でも芭蕉は俳句としての出来栄えを気にしている。夏草と蛇とを呪いながらも、俳句の出来栄えが気になるのだ。同じ手紙にもう一句を入れて、優劣など、隠し句であるのだから、どうでもいいようだが、そうはいかず、もう一句をも同封して優劣を競わせている。

夏艸や我先達《さきだち》て蛇からむ

夏草に自分が立ち入って蛇を狩り取ろう。それから、茂りに茂った夏草をふんづけてやろうと息巻いている。よほど、腹に据えかねた出来事があったと推測されるが、それでも俳句の出来のよし悪しを気にしているところが、いかにも俳諧師らしい気の持ちようである。

もろき人にたとへむ花も夏野哉

弟子の落梧《らくご》を訪ねたとき、自分の子が病死した彼は深い悲しみにひたっていた。そこで芭蕉はなんとか弟子を慰めてあげようと、どこかに花が咲いていないかと、あたりを見回した。しかし、夏草は花ひとつも咲かせず、ただ暗く単調に生い茂っているだけだった。あわれにもはかない子どもの命を失った友人を慰めることもできず、芭蕉は悲しむばかりであった。ところで、この句、「花も夏」と「花もない」が掛け合っている。明るい夏草も、かえって、人間の無情な有様を色濃くするだけだ。ああ、悲しい。明るい夏だから、なお花のいない夏草は暗く見える。『笈日記』所収、貞享五年（一六八八年）作。

夏の月ごゆより出《いで》て赤坂や

この作品には別句がある。別句は芭蕉の名前を記し、この句は桃青という芭蕉初期の名前を使っている。

夏の月御油《ごゆ》より出《いで》て赤坂か

この句だと、意味がはっきりしているが、赤坂かとはっきり言ってしまうとまるで地図のようで面白くない。そこで成案の「ごゆ」というあいまいな表現が面白いと読めてくる。

短い夏の夜は、御油と赤坂が近いので、いつのまにか夜が明けて月もうっすらとして、月は消えてしまう。秋の月のようにはっきりして、趣向が面白い月との差である。延宝四年（一六七六年）作。

手をうてバ木魂《こだま》に明《あく》る夏の月

二十三夜の月待ちをしていると、願い事がかなうという信心があった。朝になると、願い事の柏手を打つ音が、あちらこちらでして、それがあたかも一人の人間の柏手の様に聞こえる。カタカナのバが人々の柏手をまとめて、すがすがしい音のひびきにする。朝といっても、まだ夜が白々と明けた程度である。

なんとも気持ちのよい、涼しげな夏の朝の光景だ。

ところで、初句は「夏の月」ではなく、「下駄の音」であった。すなわち、

夏の夜や木魂に明る下駄の音

であった。とすると、決定句の木魂は芭蕉が打った音ではなくて、周囲に響き渡る大勢の人々の手を打つ音であったので、芭蕉はその伝統の行事の音に耳をすましていたことになる。そのほうが、夏の朝の澄んだ空気を示して面白いか。それとも、カタカナのバという擬音めいた表現が優れているか。元禄四年（一六九一年）作。

夏の夜や崩《くづれ》て明《あけ》し冷《ひや》し物

夏の夜の句会で、このつぎいつ会えるものかと心もとなく、酒を酌み交わしているうちに時が過ぎ、話にも疲れてきた。短い夏の夜もいつかは明けてくる頃合いとなってきた。見れば特別に作った冷やし物も形が崩れてきた。物事の

終わりに近い時には、人との親しさも御馳走も、なにもかも崩れてくる。むろん人生もそうであろう。この侘びしい気持ちが夏の朝にはある。付き合いも、御馳走も、これで来年まではお別れだと思うと、寂しくてならない。見返せば、なべて人生は、とくに年を取ってきた夏の季節は、その感が強い。

ではみなさん、これで、そろそろお別れですな。崩れて明けし冷し物、とは寂しい表現だ。ここには、威勢のいい夏が終わり、秋の衰えがきて、冬の死がちかづく予感までが、一句に詠みこまれている。夏を詠んで冬を予感させる。さすが芭蕉である。元禄七年(一六九四年)、死の直前の作。

別ればや笠手に提《さげ》て夏羽織

いよいよお別れだ。話していると、名残はつきませんが、笠は手に持ったし、夏羽織は着たし、旅の用意はできておりますぞ。このつぎは、どこでどうしてお会いするやら、そのような未来が判らぬ所が人生ですからなあ。そして別れ別れになると、すぐ近寄って手に手をとって別れを惜しむ。これが人生の温かさであり、淋しさでありますな。「別ればや」という言葉には、心情を押し切ってもう別れましょうという強いうながしがある。それが人生だ。惜別の情の涙である。

別れを告げる友情が愛情の情をつむぎだす。作品の年は不明で、元禄年間であることは、推定されている。芭蕉晩年の心が投射されている別離の句である。

夏山に足駄《あしだ》をおがむ首途《かどで》哉

『おくのほそ道』の一句。栃木県大田原市にあった黒羽光明寺の行者堂に飾ってあった役《えん》の行者の高足駄を拝むというのだ。

見回せば陸奥《みちのく》の夏の山々が美しく連なっている。これから自分が向かう奥羽北陸の長い険路を想い、大先輩の行者への尊敬の心と、道中の無事を願って祈っている芭蕉の姿が鮮やかに描き出されている。元禄二年（一六八九年）作。

10　秋

次は秋である。秋の訪れはひそやかで、いつの間にか夏といれかわっているものだが、それを栗のいがに託したのが次の句。

秋風のふけども青し栗のいが

秋風が吹き始めると栗のいがは茶色に変わっていくが、今年は秋風寒く、かなり本格的な秋の気候になったと実感されるのに、栗のいがは青いままである。

この句は、いつまでも青いいがに、不思議に思って句にしたというのが、私の解釈であった。軽井沢町追分の私の庭には大きな栗の木があって、毎年、茶色のいがを落としてくる。それを待ちかねたように虫が素早く食べるのだが、青いがというのは、数としては少ない。青い固いいがでは、さすがの栗好きの虫も歯が立たないと思う。

ところで、芭蕉関係の類書をいろいろ見ていると、この句について、実にさまざまな説があるのに驚いた。まず、一般には、落ちないいがは青いというのは芭蕉の思い込みだとする説がある。落ちるいがはかならずしも茶色ではなく、年によって違うというのが、私の観察である。第一に、栗の花は毎年咲くものではなく、それゆえに、実のならぬ年もあるのが栗の特徴だからである。それから、栗の実が落ちるのは、いがが開いて茶色の実となってからでなく、青いうちに落ちるのは毎度のことである。芭蕉が秋風の吹きすさぶ季節になっても、いがが青いままだと書いているのも、いがが開いて茶色の栗が落ちると信じているためと私は解釈もしてみた。秋風になってもいがが青いままで有るのが不審だと芭蕉が大事件のように解釈しているのも、おかしいと私は思う。

芭蕉ほどの人になると、人はいろいろな説をたてるものだと、むしろそのほうに感心するのである。この作品は元禄四年（一六九一年）の秋に詠まれた。

秋風や桐《きり》に動《うごい》てつたの霜

桐一葉《ひとは》落ちて天下の秋を知ると言われるほど、秋の寒さに敏感な桐である。それでも、蔦《つた》の葉を白い霜が覆っている。はやくも晩秋のおもむきである。月日の経つのは早い、というより季節の変化が明らかに時の過ぎ去る速さを見せていると言うべきか。桐の葉が霜へと「移り変わる」のを「桐に動《うごい》て」と色の変化とともに霜の動きを重ねあわせたところ、見事な俳諧の表現である。ぐいっと地球が傾いて秋の季節のお膳立てをしたような、力強い表現である。元禄四年（一六九一年）作。

此道《このみち》や行人《ゆくひと》なしに秋の暮

一本道がずっと延びていく。赤い夕陽が木々の梢を染めて、地上はすでに宵闇に沈んでいる。誰ひとり通らず、芭蕉ひとりがとぼとぼ歩いている。この孤独感がひしと迫る表現として、俳句に凝縮している。

夕暮れ時、ひとり田圃のほそみちをあるいているときに、私はこの句をよく思い出す。自分の信仰を芭蕉に言い当てられたような思いにふけるのだ。キリストは「わたしは道であり、真理であり、命である、わたしを通らなければ、だれも父のもとに行くことができない」と言った（ヨハネによる福音書、14章の6節）。

そう、不思議に私の信仰と芭蕉の孤独がぴたりとつながるのだ。もっとも信仰に無関心な人には、私の聖書の引用など、何の意味もないことであろうけれども。元禄七年（一六九四年）九月の句。一〇月には、芭蕉は死去する。

松風や軒をめぐつて秋暮《くれ》ぬ

料亭の多い大坂の新清水のあたりには、松が多い。そこの飲み屋を松風とともに巡りつつ詠んだ句である。元禄七年、死の直前の句である。

此秋《このあき》は何《なん》で年よる雲に鳥

今年の秋は、どうしたことか、身の疲れをひどく感じてならない。秋空を寂しく眺めやると、雲の向こうを飛ぶ一羽の鳥が見える。その飛び方が、わが身の衰えとよく似ていて力なげである。旅に病むわが心のようで、旅の愁いをひとしお感じてしまう。秋の空に浮かんでいる白い雲は、まるで死体のように侘びしげである。そこに飛んでいる鳥はよわよわしくて頼りない。全体として、ふと上を見た芭蕉には、すべてが死の予感のように見えた。身も心も弱り切った芭蕉の、生気をすべて抜き去った、声にならぬ溜息を映したような句である。

「何《なん》で年よる」という表現には、やがて来る冬の理不尽な寒さとともに、去りゆく秋への決別の情が染みている。芭蕉は天を見上げて祈りながら、雲と鳥の高い視点から自分をみおろしてもいる。「何で」という口語の疑問詞は、雲と鳥とを結びつけていながら、雲と鳥との別れをも示している、言ってみれば二重の疑問を読者に突き付けている。

秋という季節には、春のような華やかな喜びもなく、夏のような暑さによる生命の力もなく、と言って、冬のような固く強く迫って来る景色も寒さの苦しみもない。「何《なん》で」の疑問は、四季のなかからことさらに秋の曖昧さ、寂しさ、孤独感を選び出すよすがになっている。

これも元禄七年の芭蕉の死の直前の句である。終末近くの生と死とへの不思議な思いが存分に流れ出た名句。またそれが、春、花のしたで死のうと思いこがれた派手好きな西行との差である。

秋深き隣は何をする人ぞ

秋風も深まり、枯れ葉も積もって、冷たい風に震えるようになった。自分は病身で引きこもっているが、隣の家の人も、顔も出さず音もさせず、ひっそりと暮らしている。もちろん人間であるからには、隣の人はどのような顔つきで、なんという名で、何を生業としている人かと知りたいという気持ちも起こってくるが、知られては困るという気持ちもあって、隣の人もそう思っているかもしれない。この好奇心というのが、晩秋の静けさのなかで募ってくるのも仕方のない人の性《さが》である。そのような好奇心が、この冷たい空気の中で起こってくるのも、自分がまだ生きていたいと思っている証拠である。

このように、自分の生と死にいつも関心があるのは人間として当然ではあるが、仏の境地に入った人には、また違った感慨がある。孤独でまったくのひとりぼっちであるのが、現実であっても、なお隣の人への関心は全的には棄てられないものなので、そこに人間の悲しい性があるのだ。

芭蕉は、隣の人がどんな人であっても、その人に関心を持ち続ける自分という人間の弱点を知っていた。とくに、その人が俳諧師のような趣味と心得を持っていたら、全くの無関心を持ち続けることは不可能だと思っていた。だから「隣は何をする人ぞ」と思いつつ、相手が自分に関心を持つかも知れないと思い続けていたのだ。この矛盾が芭蕉に生きる力を与えてくれたのだと思うと、この一句は俳諧師の死ぬ前の心根を一句に凝集したものとして重要である。はっきり言えば、芭蕉は家で暮らし、旅に出て観察し、土地の様子と月や太陽や人間への関心を強く持ち続けていた人とも言える。その彼の心根を、この一句は秋と隣人への関心に要約してみせてくれたのだと私は思う。

おもしろき烋《あき》の朝寐《あさね》や亭主ぶり

車庸《しやよう》という弟子の家に泊めてもらって、目覚めたら、まだみんな眠っていて、家の中は静かだ。秋の晴れた日に、寒からず暑からずで、朝早くから働くでなし、のんびりしている。

ゆっくりと朝寝をさせてくれた主人の気遣いも気持ちがよい。秋の爽やかな気候がよく出ている一句である。最後の亭主ぶりに車庸への感謝がこもっている挨拶句でもある。

元禄七年秋のはじめ、このころ芭蕉の体調はまだよくて、秋を喜んで迎えていた。彼の病気はこのころから二、三ヵ月で急に募ってくる。病名は分からぬが、急性の細菌性のものであったという推測を私はしている。ゆっくりと悪くなる病気ではなくて、急逝が襲ってくる病態を思う。

秋の夜を打崩《うちくづ》したる咄《はなし》かな

細雨がしとしとと降る。静かな秋雨である。沈黙は憂鬱を誘う。句会に集まった人々は、あえて声高に面白い話をする。しかし、話が途切れると、沈黙が雨に打たれる心地になる。そこで誰かが声高らかに何か面白い話をする。しかし、その声高話も秋雨に負けて沈黙に落ちる。陽気な話の主はかえってわびしさを深くする。元禄七年作。

秋もはやばらつく雨に月の形《なり》

元禄七年、今年の秋の雨ももはや、おわりそうで、時々ばらばらと降る雨は冬の時雨《しぐれ》に似てきたようだ。こういう雨を取り上げたのは句会の座での思いつきであろう。初めは面白げな座であったが、次第に、雲間の月も細くなった晩秋のさびしい月の句が中心になってきた。芭蕉はこのころから体調を崩して時々病臥するようになっていた。秋雨を詠みながら、次第に体力がとくに視力が衰えてきたのだ。まだ、気分のよいときには元気に座にでていたし、全く病の気がないようなこともあった。ところが九月二九日には容態が悪化し、ついに一〇月一二日の逝去となる、芭蕉の死を晩秋が呼び寄せたように。享年五一。

11　名句

誰でも知っている芭蕉の名句二つをあげよと言われたら出てくるのは次の句だ。

古池や蛙飛《かはづとび》こむ水のおと

この句は「蛙合《かわずあわせ》」の句会を深川の芭蕉庵で巻いたときの発句で、貞享三年（一六八六年）の作である。

「蛙飛こむ水のおと」と芭蕉が言ったのに対して、門人其角《きかく》が春の季語なる「山吹や」とつけるのがいいと言い、芭蕉は「古池や」がよいと言ったと伝えられた。従来蛙の声を聴く作品が一般に知られていたのに、蛙が水に落ちる音を詠んだのが斬新と認められて、発句が定まり、古池の発想には古い歴史も示されているとされ「蛙合」の連句が巻かれたとも伝えられている。古池の示す質素で実を取る表現による新しい蕉風の俳句が始まったとも認められたらしい。

「古池や」のなごやかな切字「や」がその池の歴史をやんわり表現し「飛こむ水のおと」が誰でも想像できる現在の出来事として納得できるという事実もすばらしい。

芭蕉の句作の妙を味わおうとすると、結構おおごととなる。数冊の芭蕉句集、全句集などをしらべてみたが、この句の優れた表現を多角的に吟味していたのは小学館の『松尾芭蕉集①全発句』であった。よく調べ、とくに芭蕉の推敲の後を追い、弟子や友人たちとの交友にも詳しく、いろいろと教えられる論述であった。

つぎが、

荒海や佐渡によこたふ天河《あまのがは》

であろうか。『おくのほそ道』所収のこの作品はすばらしい。その迫力に圧倒される。

荒海とは、八月半ばから冬にかけて、強い北風が起こす力一杯の波である。北から押し寄せてくる波また波に洗われている佐渡島が、流されてきた流人《るにん》たちの苦痛を示すように浮いている。その上になんと天河が流れているではないか。人間の苦しみなど知らぬげに巨大に美しい星の河だ。この一句、視線が足元から水平線、島、天と上に昇るにつれて、美しく平和になっていく。なんと不思議なことだろう。

若かった時、毎夏、私は友人と出雲崎のすぐそばの石地《いしじ》海水浴場に泳ぎに行っていた。大抵八月の初めのころに行くのだが、あのあたりにある良寛記念館を訪れるために、一週間、一〇日と遅れて、ちょうど芭蕉が出雲崎に行った八月一八日（新暦）のころに行ったこともある。このころになると、海は荒くなり、クラゲが沢山出て、海水浴には不向きになるのだが、佐渡はよく見えるようになった。同時に天の川も、はっきりと、佐渡の上に見えるのだ。しかも、カシオペア座のWもペルセウス座流星群も、しっかりと天の川の一番明るいところにあって佐渡の上に横たわっていた。とすると、この俳句は私には永遠の星空を、古池よりも、永遠の時間をもって見渡せたことになる。

荒海という目の前の自然現象をまず力強く詠んだうえで、佐渡の金山と遠流《おんる》の歴史を詠んでいる。つまり、重労働で苦しめられている罪人たちと、政治の世界の刑罰としての遠流の苦しみである。順徳院、日蓮、世阿弥などの思い出が佐渡にはまつわっている。佐渡は荒海に浮かぶ島でありながら歴史上の辛い出来事の象徴である。監禁の不自由の苦しみの島から目を離し仰ぎ見ると広大無辺な天の川が自由と造化の美を見せたと言うのだ。

ところでこの句「荒海や」に母音のA音が多いと指摘したのは、詩人の三好達治である。これは随筆「温感」にある「母音の説」である。「母音のAは、何かしら鷹揚《おうよう》であたたかい感じがする。Oもまたそれにやや似ている。Uになるとその度を減じて、代りに柔らかくおだやかな感じになるようである。Eと

Iは鋭くつめたい」

詩人はその例として芭蕉の三句をあげている。

A九つが「荒海や佐渡によこたふ天河」、八つが「さみだれをあつめて早し最上川」、七つが「あか〳〵と日は難面《つれなく》も秋の風」である。「芭蕉の句のどっしりとした風格の大きい落つきは、どうやらこの開口母音としばしば密接に関聯《かんれん》していそうに考えられる」と詩人は言った。

まず「荒海や」以下の三句が、詩人の言う通りの傑作であることに私は同意する。そして、声を出してこれらの句を吟じてみると、それぞれ、海、川、太陽、風という自然と合一できるような愉快な心地になることを認める。

さみだれをあつめて早し最上川

「荒海や」が、海・島・天の三点セットだったのに、これは雨と川の二点セットだ。前者が別々の存在であったのに、後者は同じ水という存在だ。こういう具合に、まったく違った自然の力を見事に詠みわけることのできる俳諧という表現形式に私は驚嘆するばかりだ。五月雨は永遠の出来事だ。最上川は永遠には欠けるかもしれないが、自然の現象である。

つぎの句。

あか〳〵と日は難面《つれなく》も秋の風

これも、太陽と風の二点セットである。「あか〳〵と」でA音の勢いがつき、残暑の日光の力を感じさせられる。一転、秋の冷風で慰められ、そこにもA音が用いられていて、自然の力と慰めが見事に表現されている。

詩人が「母音の説」であげた右の三句は『おくのほそ道』にあり、その近所には、A音九つの「あらたうと青葉若葉の日の光」や七つの「塚もうごけ我泣《わがなく》声は秋の風」がある。前者は「第一部　9　青葉と若葉」で、後者は「第三部　人生行路と俳文」の文章で金沢の願念寺で新作が披露される。

旅に病《やん》で夢は枯野をかけ廻《めぐ》る

これも大変有名な芭蕉末期の句である。旅先の大坂の友人の家に病んで口述筆記させたもの、世に別れを告げんとする気があり、辞世の句とも考えられる。しかしこの世の人々に別れを告げる悲愴はなくて、臥せっている身は、現《うつつ》の世界で旅をし俳諧の道を次々に思い出している。まるであまたの枯野をかけめぐっているかのようだ。そしてなんと過去においても多くの枯野の旅をしたものよと誇らしげだ。

芭蕉は迫りくる離別の死を悲しみつつも、多くの枯野の句を詠んだ自分を誇らしげにも思っている。この矛盾した心根が、表現の力となって句を読む人に迫ってくる。

それを証明するかのように、この句、あたたかいA五つ、O二つ、計七つであり、鋭くつめたいE五つ、I二つ、計七つである。あたたかく力に満ちた誇りと、死別のつめたさとが、せめぎあっている。

一度読んだら忘れられぬ温と寒とが、この句に充満し、不思議な力を発散している作品である。芭蕉の死後も、いつまでもわすれられぬ、永遠に生きる句である。

夏草や兵共《つはものども》がゆめの跡

『おくのほそ道』としてまとまった「紀行」を論ずるのはあとにして、まずこの名句に触れてみたい。

なつ草や兵どもの夢の跡

右の句が初句である。義経の一党も藤原家の人びとも、功名も栄華も今はなくなって、一場の夢となった。なつ草が茂るという現実の出来事は毎年繰り返されて続いているが、人事はすぐ消えてしまう。人事、つまり義経や藤原家の夢である。

そこはいいのだけれども、人びとの夢と、ひらがな漢字混用のなつ草とでは人間の栄華のあとのほうが強く表現されすぎていて、つまり歴史の出来事が強すぎてなつ草が弱い。

夏草や兵共が夢の跡

そこで、「なつ草」を漢字の「夏草」にしてみると釣り合いがとれる。それはそうなのだけれども、「夢の跡」という歴史を思い出すような固い表現になって面白くない。芭蕉の表現のすごさは、「夢」を「ゆめ」というひらがなにしたことにある。

夏草や兵共がゆめの跡

これこそ秀句だ。夏草は毎年緑をだして再現しているのに、人間のほうの夢は消えてしまって、どこかに行ってしまった。そこで「ゆめ」という、やわらかなひらがなにしてみると、つわものどもは一般化して、草と兵との釣り合いがとれる。

ここでちょっと「母音の説」を援用してみると、「夏草や」はA三つ、Oゼロで暑熱がこもり、「兵共が」はA二つ、O四つで愛惜の情に富んでいる。

菊の香やならには古き仏達《ほとけたち》

元禄七年（一六九四年）、古都奈良にきて、古い仏像を訪れまわった。おりしも重陽、つまり陰暦九月九日で、中国では登高という丘を登る行楽があり、日本では奈良の宮中で観菊の宴がもよおされる。家々には菊が飾られ町は菊の香りに満ちていた。奈良の町の古くからの習俗もゆかしいし、巧みに彫られた古仏も素晴らしい。

芭蕉は菊のゆかしさ、香りの高さと、奈良という古都との調和に、日本の季節と花との関係、花と町との調和に文化の高さを見ている。同時に、このゆかしい風習が、中国より渡来してきた事実に、かの国の文化や風習の素晴らしさを讃嘆している。

おもしろうてやがて悲しき鵜舟《うぶね》哉《かな》

鵜飼を見物していて、面白かったが、やがて鵜の動きが可哀そうになって、最初のようにさんざめくのにも疲れてくると、騙されている鵜も可哀そうに見えてきた。

この場合、最初のうち鵜匠の詐術を面白いと感心する心があって、初めて鵜をあわれむ悲しさが生きてくる。

謡曲の「鵜飼」は榎並左衛門五郎《えなみのさえもんごろう》であるが、世阿弥の手が多く入っていると言われている。たしかに名文である。とくに鮎の群れを篝火《かがりび》の照らす鵜匠の熟練の手さばき、鵜が鵜匠の縄に動かされて魚たちを追う面白さはなかなかのものだ。地謡の調子のよい謡も、ぐっと引き込まれる力を持っている。「鵜舟の篝り影消て、闇路に帰る此身の、名残惜しさを、いかにせむ」は名文である。世阿弥でなければ、書けない文章だ。

その名文を俳句風にかえると、芭蕉の前文になる。このあたりの、文章による綱渡りが、これまた芭蕉でなければ、できないものなのだ。この句には『蕉翁句集』の別句がある。

面白うてやがて悲しき鵜飼《うがひ》かな

これは、たしかに、今定説として芭蕉句になっているほうがいい。「鵜飼かな」では平凡である。「鵜舟哉」が、水中の鮎を照らし出して実在感がある。しかも、静まったあとの悲しさを水の冷たさとともに描き出している。こういうところ、俳句は文字数がすくないだけに、作者の才能の差がはっきりと出てしまう。

なお、「おもしろうてやがて」はひらがなで、あっというまに鵜飼の喧騒のなかに引き込まれる。そのあと、漢字が来て「悲しき」と転調し、「鵜舟哉」と重々しい船の構造の描写で終わる。この転調の妙が、おもしろさから悲しみと舟の暗さを呼びおこす。なんとも奥の深い一句である。貞享五年（一六八八年）作。

たびにあきてけふ幾日《いくか》やら秋の風

この句、「あきて」という表現が面白い。旅好きの芭蕉が旅にあきるはずがないのだが、わざとそういう表現をしてみせて、長い間庵を出て旅から旅へと移動している芭蕉の日常を描いていると思われる。「秋の風」が句の下五に来ているのも、なるほどと感心させられた。旅の日々が積もって何日だか知らない人が、ひんやりとした秋風を、「お、寒くなったぞ」と気が付くのである。秋別に日を数えて旅をしているわけではないと、言い訳をしているところが、秋の風で日数を数え始めるところと釣り合って、その呼吸が見事である。秋の風と飽きとを言い合わせるところも趣向がある。この趣向はよくつかわれる表現であるが、秋風に身をふるわせながら、同時に日時を数えている二重性が生きている。貞享五年（一六八八年）作。

同じ時代の作品には、名句が多い。次の句もそうだ。

此《この》あたり目に見ゆるものは皆涼し

この句も同じ年に成った。長良川には、有名な鵜飼とともに水楼が多い。そこより見渡す景色の涼しげな様子については、芭蕉の散文の解説も見られる。水楼は風通しがよい。川の涼しげな流れがよい。遠い山々例えば稲葉山も、見わたされて、「みな涼し」とある。川岸の民家は竹林、夜の篝火、入り日、月、すべて涼しげで、夏景色を引き立てている。

また同じころの作。

撞鐘《つきがね》もひゞくやうなり蟬の声

蟬の鳴き声がうるさいほどに響いている。すると、蟬の声に共鳴したかのように稲葉山の麓の鐘が共鳴して鳴りだしそうだ。もちろんそのようなことはありえないが、芭蕉の耳には蟬がそのように老いた響きで啼いているように思えたのだ。本当に蟬と鐘との共鳴などありえないが、山と森とに満ちている蟬の声は、うるさいと思うより見事だと、芭蕉は感心している。このおびただしい蟬の鳴き声もやがて全部が死に至ることを、句にしたのはずっとあと、元禄三年の句、

頓《やが》て死ぬけしきは見えず蟬の声

で芭蕉は見事に詠むようになる。

大雨と洪水は芭蕉の時代にもあったようで、自然の驚異を、おだやかな物語に変えている句もある。

高水《たかみづ》に星も旅寝や岩の上

今夜の七夕は大雨である。風も強く嵐の気配である。この荒れようでは、牽《けん》牛《ぎゆう》と織女《しよくじよ》は会えそうにもない。この大雨に、弟子の杉風《さんぷう》が訪ねてきたとき、雨の七夕を俳句にして、牽牛と織女が天の川を泳いで、岩の上で会ったというお

とぎ話風の俳句を作った。元禄六年（一六九三年）作。

高水のために、牽牛と織女がともに高水の上に抜きそびえる岩の上に避難してお互いを認めあったものの、出会いの幸福を得られなかった顚末を憐れんでいる。漢字表現を並べることで、自然災害を美しい、しかし含蓄の深い物語に変えているところが見事である。

蕣《あさがほ》や昼は錠《ぢやう》おろす門《もん》の垣

朝、朝顔の咲いているうちは門を開くが、昼は錠をおろして、誰もいれないというのだ。夏の暑さで体調を崩したせいもあるが、昔妾であった寿貞《じゆてい》が訪ねてきて、援助をもとめてころがりこんできた一件もあって、仕方なしに昼間の出入りを禁止したのだと言われている。こういう事件はとかく、世間の人々の好奇心の的となるので、この自発的蟄居となったらしい。そうしてみると、不思議なことに朝顔は朝だけ咲いて、昼は花を落としてしまうという。元禄六年

（一六九三年）作。

蕣《あさがほ》や是も又我が友ならず

しかし、朝顔も芭蕉のいうように、朝だけ門を開き、昼は閉めてしまうように動いてくれず、困った芭蕉は仮病をつかって妾の寿貞を遠ざけようとした。艶男の弱いところである。しかし、段々話してみると寿貞も病身で生活に困っている所があり、気の毒な状態だと分かる。次第に同情心が起こってくるところ、芭蕉の善良な生活態度がそうさせるのだった。

ただ、弟子にこの妾のことを知られると、困るので、関西の故郷の方に自分は退避し、庵を寿貞に自由に使わせることにした。

若いとき、芭蕉は寿貞と知り合った。親しく付き合っていたが、芭蕉が俳諧師として抜きんでた地位にのぼるにつれて、彼女は自分は物の数にも入らない、つまらない人間だと卑下するようになってきた。その寿貞を慰めて、芭蕉はいろいろと世話をしてやっていた。寿貞は尼になり、ひっそりと暮らしていたが、元禄七年（一六九四年）六月二日ごろに急死した。芭蕉庵で息絶えたのだ。そして芭蕉も同年一〇月一二日に息絶えた。

数ならぬ身となおもひそ玉祭り

この一句は尼寿貞に話しかけるような体裁をもって詠まれている。自分の事を、物の数にも入れないと、ちり芥のような人間だと卑下する必要はないのだよ。芭蕉は、弟子たちには、この女性のいることを一切黙っていた。元禄七年（一六九四年）七月一五日の盆会が近づいた。芭蕉は寿貞の死の知らせを受けて、故郷の伊賀上野で兄が法会を開いたときに、寿貞の死を悲しみながら、故郷の魂祭会《たままつり》に出席した。しかし、それは松尾家の営みであって、寿貞とは関係がないことなので、位牌はなかった。芭蕉は仏前で祈りながら寿貞の霊に対して、深く悲しんだのである。元禄七年作。

家はみな杖《つゑ》にしら髪《が》の墓参《はかまゐり》

兄の手配で、故郷の墓の法会に出た芭蕉は若いときから顔見知りの親戚の人たちが白髪に杖の老人になっているので、無常の感慨が心に迫ってきた。今昔の感に堪えなかったのである。しかも、かつての愛人寿貞の死を悲しむ身には、この親戚たちの老化の有様は、自分自身のこととして、さらに深い人生無常の感を覚えたのだった。同じく元禄七年作。

里ふりて柿の木もたぬ家もなし

故郷の人々は白髪に杖で老化していたが、家の経済は豊かなようで、みんな立派な柿の木を家の前に備えていた。柿の出来具合もよろしいけれども、豊かな生活であればあるほど、その豊かさが無常を示している。せっかく金持ちになっても、死は確実に近づいているのだから。この句は発句として作られた挨挨句であって、芭蕉の心の底にある真実の寂しい人生観までは人々に通じなかったであろう。元禄七年作。

顔に似ぬほつ句も出《いで》よはつ桜

親戚の人々が年をとり白髪杖曳きになった。弟子や友人の老いた姿もはっきりしてきた。年寄りばかりの句会でも、時には新鮮な若々しい初桜を詠んでもらいたいものだ。当時の人々は、芭蕉が五一歳で亡くなるのを当然の老化とみなしていたらしいし、芭蕉自身もそう思っていたのであろう。元禄七年作。

びいと啼尻声《なくしりごゑ》悲し夜ルの鹿

同じ年九月のこと、芭蕉は奈良に泊まった。八日の月が明るかったので、夜更けて猿沢の池をめぐって、月を鑑賞する。すると鹿が鳴いた。びいと細く押し出すような鳴き声が哀切である。それを擬音として掬い採ったのがこの句である。その鳴き声を注意深く聞きながら鹿の夜歩きの寂しさをおのれの心として実感したのである。九月九日に大坂にいくが、病は段々に重くなり、一〇月一二日には死去する。そう思うと、このびいと啼くという擬音が芭蕉の聴いた哀切な音であったと思われて、粛然とする。

俳諧の天才、芭蕉にも弱点があった。寿貞が死んだときに、彼は自分の落度に罪の意識を覚えて、それが、彼の死期を早めたとも言える。

第三部　人生行路と俳文

第一部では芭蕉が俳句を詠む姿を追ってみた。度重なる推敲の結果、満足すべき俳句の表現に到達する姿は私の感動を呼んだ。

第二部では、第一部ほど推敲に心をひかれはせず、しかし深い愛着の心で自然や人事と交わる芭蕉の姿を見た。

さて、この第三部では、芭蕉の人生行路との関係に注目しつつ、俳句をちりばめた紀行や豊かな俳味を持つ俳文の世界を味わってみる。

紀行においては、他の散文が俳句を生み出し、両者が一体となって旅路の美景・景色・異景などを示してくれる。また俳文においては作者の人生の閲歴・思い出・主張などが語句を改め、美を競う文章となって定着している。

1　故郷を出て江戸へ下る。貞門より談林までの時代

芭蕉の生国は、伊賀の上野である。寛永二一年（一六四四年）生まれであった。父松尾与左衛門《よざえもん》は郷士で芭蕉が一三歳の時に没した。芭蕉は幼名を金作《きんさく》、続いて宗房《むねふさ》、通称は甚七郎《じんしちろう》であった。藤堂藩伊賀付　士《さむらい》大将藤堂新七郎の嗣子《しし》、良忠《よしただ》に召し抱えられて雑用係りを務めた。主人の藤堂良忠の父は禄高五千石の上級武士であった。子供の時から可愛がられていた芭蕉は、主人の俳諧に学び、宗房《そうぼう》と号していた。

主家の藤堂良忠は二五歳で没した。良忠の弟の良重が嗣子となり、良忠の妻の小鍋が妻となった。もとより二君に仕える気にもならなかった芭蕉は主家から逃げ去り、身を隠した。

寛文一二年春、芭蕉は江戸に下がった。新興都市の江戸で、新しい俳句の首

唱者として、名前を挙げて有名になる野心をもった。江戸で旗揚げするにあたり、江戸本船町の名主や、魚問屋の主人などの富裕層に弟子をつくり、俳号もそれまでの宗房を廃して、桃青《とうせい》と宗匠らしい名前にした。

貞門俳諧は、本歌本説をもじるのを俳諧の中心的行為とみなしていた。古歌や謡曲がその対象となった。したがって、古典、謡曲、歌舞伎などを題材にして、意味を二重化させたり、時には難しい古典を知悉《ちしつ》していることを自慢したり、もじりが重要視されていた。

しかし、難しい古典のもじりは、やがて飽きられてゆく。談林俳句が一切の世俗の秩序や、権威をおとしめて、世の人々の風俗知識の、マンネリズムを否定したので、その自由さや滑稽さが、読者の興味を引いたのである。

『荘子』の思想を大切にして、俗塵にまみれた生活を馬鹿にする風潮は、その新しさの故に人々の目をひきつけたけれども、新しがりも度がすぎると、野卑に見える面もあり、談林の貞門批判は、また自分自身の談林批判にもなるという矛盾をも、はらんでいた。

2　深川に移転し隠者生活

芭蕉の生活が激変したのは延宝八年（一六八〇年）、三七歳の冬である。それまで派手に住みこなしていた日本橋小田原町から、江東深川村の草庵にひっそりと引っ越したのである。

俳文『寒夜の辞』にはつぎのように告白されている。

深川三股《みつまた》のほとりに草庵を侘《わ》びて、遠くは士峰《しほう》（富士の峰）の雪を望み、近くは万里の船を浮ぶ。朝ぼらけ漕ぎ行く船のあとの白浪に、蘆《あし》の枯葉の夢と吹く風もやや暮れ過ぐるほど、月に坐しては空しき樽をかこち、枕によりては薄きふすま（ふとん）を愁ふ。

櫓の声波ヲうつて腸《はらわた》氷ル夜やなみだ（第一部3閑寂と孤独参照、私の解

説がある名句）

この句を宗匠としての生活に失敗した失意の作品として読むのは間違いであろう。むしろ新しい孤独と貧乏との生活に、いよいよ飛び込んでいく、それまでの古典読書ですませていた芭蕉が、新しい苦行の生活にあって、それまでの勉強による知識と滑稽、もじりの世界から、人間存在の奥底にある生の苦しみを写し取る喜びを宣言したものと読むのが、また芭蕉の新しい世界を驚きながら認める読者の態度を自覚するのが、本当の鑑賞であろう。

ところで芭蕉が世の中の拝金主義の傾向に反して、俳句の宗匠と言えば弟子たちに囲まれて、謝礼金をもらって贅沢な生活をするのを目的としていたのを嫌ったのは、わび、すき、草庵好みというのが、当時の裕福な武士や町人の美意識であり流行の生き方であったことも重なる。

桃青の深川の侘び住まいというのも新しい流行を追ってその先頭に立ちたいという枯淡な俳人気質ゆえの行動であったとも言える。

桃青という呼び名が芭蕉になっていったのには、門人の李下《りか》が、中国風の詩文の創作にはもっともよい植物として芭蕉を庭に植えてくれたのが発端であった。

延宝九年（一六八一年）、三八歳。春に植えた芭蕉がよく根付いてきたので、桃青に加えて芭蕉と名乗りはじめ、やがて桃青——生涯にわたって使用した別号、となり、同時に芭蕉が俳号になった。

ところで、談林俳諧のころから、荘子は俳人好みの思想家であった。万物を支配する道からみれば、一切の事物に区別はない。これを万物斉同という。

こういう思想をとなえて、都会よりも田舎を好み、大勢の人間が是非善悪や、貴賤貧富や、老少生死の間に迷っているのは間違いだというのが荘子の根本思想である。談林俳人は、普通の人が持つ価値観とはぎゃくに、荘子の持つ反俗性を大事にした。

俳諧の持つ不条理の主張や、真面目なことを滑稽と見て俳句に詠みこむところには、芭蕉の深山、歴史の由緒、ことにも満月への傾倒、どこか滑稽な里人の生活への好みなどがあったのだ。
荘子の宇宙観の代表が月であり、月が芭蕉の作品の中心であるのも、荘子を師と仰ぐ感覚である。侘びと我を談林俳句のなかで、もっとも大事にした蕉風とでもいう新しい境地が、深川以後の芭蕉の俳句を余人の及ばぬ世界に発展させたのであり、深川こそ蕉風の故郷になったのだ。

侘《わび》テすめ月侘斎《つきわびさい》がなら茶哥《ちやうた》

月を見て奈良茶飯を食べて、つまり一銭もかからぬ生活をして、楽しんでいる。すべての要らぬもので満足している人物が、我である。これぞ荘子先生の簡素な侘びの世界で、楽しいものだ。桃青よりも芭蕉のほうが、俳句の内容にぴたりとする。しかも、桃青では、作者は誰かわかるけれども、俳句のなかに入っていけない。ところが芭蕉はそのままで作った俳句のなかに、ずかずかと入っていける。そこで、自分の名前を生かした俳句を作りはじめた。延宝九年

（一六八一年）作。

芭蕉野分して盥《たらひ》に雨を聞夜《きくよ》哉《かな》

かやぶきの屋根の深川芭蕉庵で嵐に襲われた。あばら屋は雨漏りで、大変な騒ぎとなった。そこで雨漏り避けの盥を置くが、洗面用の小盥とあって、庵のなかはたちまち水びたしである。外の雨も相当に激しいが、盥に集められた雨も大雨だ。侘び住まいもここまでくると滑稽でもある。庭の芭蕉の葉は雨風に破られて、ひどい損傷である。芭蕉の心には、雨漏りに苦しんだ、杜甫の「茅屋秋風ノ破ル所ト為ル歌」や蘇東坡の「破屋常ニ傘ヲ持ス」が思い出されていたはずだ。延宝九年作。

侘びとともに、我を大事にしている風潮が、新しい蕉門の俳句には頻繁に用いられるようになった。荘子の山居趣味と貧しい文人志向が右の句には、あきらかに見られる。こうして蕉門一派は、人を自然とのつながりで見ていく新派として、認められていった。

天和三年（一六八三年）に刊行された『みなしぐり』には、蕉門一派の新しい傾向が明らかに見られる。

この句集が出来上がる前に、天和二年（一六八二年）一二月二八日、駒込の大円寺を火元とする江戸の大火がおこる。芭蕉庵も類焼で焼失してしまう。芭蕉は甲斐国の寒村に避難して、そこに逗留することになる。この混乱のさなかに、芭蕉は、天和三年（一六八三年）六月二〇日に実母を失う。しかし、弟子たちの助力も多く集まり、一年ほどして再建された新庵にもどってくる。火事で焼けたくらいでは、たいした損害ではなく、すぐさま新庵に戻ってこられるのも、簡素な庵暮らしの得策なのである。しかし、大勢の死人を観、母を失い、人の命のはかなさを芭蕉は徹底して深く思い、その心をますます侘びと寂とで、深めていくのだった。

3　『野ざらし紀行』

貞享元年（一六八四年）八月、弟子の苗村千里《ちり》を連れて江戸を立ち、東海道をのぼり、伊勢・伊賀・大和を巡遊し、翌二年、京都・湖南に杖を曳き、木曽路を経て江戸に帰った旅の記を『野ざらし紀行』という。芭蕉四一、四二歳の時である。

その冒頭に言う。

「千里に旅立ちて、路糧《みちかて》を包まず、三更月下無何《むか》に入る」と言ひけむ昔の人の杖にすがりて、貞享甲子《きのえね》秋八月、江上の破屋を出づるほど、風の声そぞろ寒げなり。

野ざらしを心に風のしむ身《み》哉《かな》

荘子は千里の旅には三月の弁当が要るというが、私は弁当など持たずに出かける。深川の茅屋をでるころに風は寒くなってきたが。こう言って出かける芭蕉の言辞は悲壮感に満ちていた。野に行き倒れて髑髏になるのも覚悟して、新しい俳句の道を開きたいのだと旅に出たものの、まだ覚悟は定まらず、秋風の冷たさが身に沁みる。

故郷にいた時の貞門俳句は、古典を知っていることを自慢にして、古典のもじりを、大切にしていた。いわば、自分の読書と物知りをてらっていた。その後二九歳で江戸に出奔した後は、談林俳句として、自由で滑稽な表現を狙う俳句になり、派手で大勢の弟子を持つ身になった。その派手な生活を捨てて日本橋小田原町から江東深川村の質素な庵に移り、孤独で地味で、しかし自然を尊ぶことを旨とする、いわゆる蕉風の俳句になっていく。庵に四年いて、その句作の変化をはっきりさせたのが、『野ざらし紀行』であったと言える。

庵に住む質素な俳諧師が、庵を出て千里の道を歩くという、行動の人になった。この『野ざらし紀行』によって、庵を出、弟子を一人だけ連れて、句作の紀行の形が定まったのだ。

俳句が絶えず詠む場所を変える特徴を備えていて、今まで庵の固定した世界から、対象が絶えず動いていき、村も自然も、とくに川や滝や山へと広がっていく世界を芭蕉は見据えていく。つまり映画のような世界に、さまざまな旅先で出会ったさまざまな風俗、自然が描かれているのが芭蕉一流の作句法である。

旅だつにあたって、路糧、つまり食糧などを持たずに、秋である八月に、庵を出た。世俗の世界を棄て、純粋に自由な世界で、俳句を遊ばせている。まさに『荘子』の世界である。野末の髑髏となっても、寒い秋風が冬を示そうとも、かまわないという、思い切った旅がめざましい。

この句作の独創は、心を中心にして、上から野ざらしを落とし、下から風がしみ込んでくるという二重性にある。ここには死者の視線が風の冷たさによって、なお死者らしく描き出されてくる。この風は冷たいばかりでなく、宇宙のかなたから吹いてくる不可思議な風でもある。宇宙の広大さにくらべて、髑髏の世界は小さいが、宇宙の不可思議が心に沁み込んでくるという意味では、髑髏は宇宙の中心にいるとも言える。

俳句という、わずか一七文字の文芸が表現しているものが、実に大きく深いものであるのに驚かされる。

関越ゆる日は雨降りて、山皆雲にかくれたり。

霧しぐれ富士をみぬ日ぞ面白き

この句の独創の素晴らしさについては、すでに論じておいたので、ここでは句を例示するだけにしておく。霧の中で見えないものこそ面白いという意表を突く表現で、記憶にある様々な富士の美しい姿を思い出すという趣向の、なんと面白いことか。

大井川を越えようとした日は、一日中雨であった。そこで、川止めのあいだに江戸の門人たちが、指を折って今は芭蕉たちが、大井川あたりにいるだろうと語り合っている姿を想像して出来た一句が次の句だ。

大井川越ゆる日は、終日《ひねもす》雨降りければ、

秋の日の雨江戸に指折らん大井川　千里《ちり》

俳句は現在の時、目の前の自然や人工の事物を見、それから引き出した思い出や想像の世界を現在目の前に見ている世界と結びつける。つまり、長短の散文があることによって、五七五の俳句の時空の世界が、ぐんと広がるのである。この句は江戸の弟子たちが、日にちを指を折って数え、今、大井川のあたりだと推測している別世界を、雨で川止めとなっている暇に思うという。写生から江戸の人々を想像していて、おそらく誰でもやるような、水嵩の増した川の様子や、宿で雨に文句を言っている光景など、あまりにもつまらぬ俳句だと排除している。遠くを思い、指折り日にちを数えている弟子たちを、目の前で見ているかのように、つまり想像の写生をしている。

暮れて外宮《げくう》に詣《まう》ではべりけるに、一の鳥居《とりゐ》の陰《かげ》ほの暗く、御燈《みあかし》ところどころに見えて、また上もなき峰《みね》の松風、身にしむばかり、深き心を起して、

みそか月なし千《ち》とせの杉を抱《だく》あらし

陰暦三十日《みそか》であるから新月である。月の光はなく、下界の夜は闇に満ちている。日暮れて、暗いところに、蠟燭の明かりが照らしてはいるが、なお闇に吸いこまれるようだ。風は千年杉の巨大なのを抱くように吹いて、星ひとつ無い闇の天下である。外宮で月を詠むのは常套の俳句だが、月がないことと、所どころの弱々しい明かりが、闇の力を一層強く印象づけている。しかも、強風は嵐の気配を示している。その風音があたりに満ちているときに、風が闇のなかで巨大な杉を抱いているように見える。これは俳句が妖怪の世界に入ったような、力強い闇の、俳句への詠みこみである。

陰暦の九月、つまり長月、故郷の伊賀の国上野に帰ると、前年、天和三年六月二〇日に没した母の墓に植えてあった諼草《わすれぐさ》（萱草）も霜枯れて見る影もない。そこで一句を詠む。

長月のはじめ、故郷に帰りて、北堂の萱草《けんさう》も霜枯れ果てて、今は跡だになし。何事も昔にかはりて、同胞《はらから》の鬢《びん》白く眉皺寄りて、ただ「命ありて」とのみ言ひて言葉はなきに、兄《このかみ》の守袋をほどきて、「母の白髪拝めよ、浦島の子が玉手箱、汝が眉もやや老いたり」と、しばらく泣きて、

手にとらば消《きえ》んなみだぞあつき秋の霜

北堂というのは、古代の中国では、母は北の堂に住んでいたからこう呼んでみたのである。浦島というのは、兄からみれば、故郷を遠ざかり、江戸に住む芭蕉を浦島のように長く不在の人と見ていたからだ。兄弟ともに、年を取り、白髪が生えだしたのだから、われらの母も、すっかり白髪になっていたのだと

思う。そこで、母の残した遺髪が白く細いので、いまにも消えてしまいそうで亡き母を偲んで泣きながら墓参りをしたという。

さて、故郷から奈良に来て、二上山《ふたかみやま》の当麻《たいま》寺《でら》に来て巨木の松を見て、思いは人生の無常に向かう。

二上山当麻寺に詣でて、庭上《ていしやう》の松を見るに、およそ千《ち》歳《とせ》も経たるならむ。大いさ牛を隠すとも言ふべけむ。かれ非情といへども、仏縁に引かれて、斧《ふ》斤《きん》の罪を免れたるぞ幸ひにして尊《たつと》し。

僧朝顔幾死《いくしに》かへる法《のり》の松

大きな松は大きすぎて切って何かの用をするわけにはいかない。それ故に千年生き残っている。まさしく荘子の提出した巨木の無用の用のようだ。巨木の松は一〇〇〇年生きてきたであろうか、その一〇〇〇年の間に、僧侶も朝顔も沢山の生命が消えていった。一〇〇〇年という悠久の生命をこの松は教えてくれる。つまり生命という大自然の中の出来事を教える法の松だと感嘆しているのだ。

大和より山城を経て、近江路に入りて美濃に至る。今須《います》・山中を過ぎて、いにしへ常磐《ときは》の塚あり。伊勢の守武が言ひける「義朝殿に似たる秋風」とは、いづれの所か似たりけん。われもまた、

義朝の心に似たり秋の風

一二世紀の平治の乱のとき、平清盛に敗れた源義朝は、父を殺し、家来に殺されるという目に遭う。この武将の愛妾、常磐の塚に出会い、人間は義朝ほどの人物でさえ矛盾した悲劇に出会う。「義朝の心」の複雑で奥深いところを思い、思いは義朝の哀れな最期をめぐっていく。それを、冷たい秋の風ととらえた一句で総括したところが、芭蕉のすごさである。

故郷の伊賀の国上野の家で、兄と一緒に年を越えて、真冬になった奈良を訪れ、東大寺の二月堂の激しい水取りの行法を見る。

二月堂に籠りて

水とりや氷の僧の沓《くつ》の音

私も御水取りの行法を見たが、大松明《たいまつ》の火花が雨のように降ってくる光景に気を取られて行法僧たちの沓の音に気が付かなかった。小雪降る寒いなかにいる僧を「氷の僧」と形容し、彼らの履いている沓は、檜の厚い板で、床を踏むと大音を立てる。とくに大勢の行法僧が立てる鋭い沓音のことは聞き漏らしてしまった。とくに「氷の僧」などというすさまじい表現には驚かされた。芭蕉の表現の独創と写生力の的確さには頭が下がるのみ。

この『野ざらし紀行』のなかで二つ並べて賞賛されている文章と俳句がある。一つは大井川の川止めの句のつぎの木槿《むくげ》の句である。

馬上の吟

道のべの木槿《むくげ》は馬にくはれけり

と、ついさっき紹介した「二月堂」の「氷の僧」のつぎの、京の句に続く句である。

山路来て何やらゆかしすみれ草《ぐさ》

大津に至る道、山路を越えて

まず前者は、つい美しいと見とれていた花が馬にくわれて、影も形もなくなる瞬間をとらえて、なにやら幻を見たような感じの句であり、ありえないことが起こった驚きの句でもある。つまり、馬の上で美しいなと暢気に眺めていた花が瞬時に消えてしまった動転の句であり、芭蕉にして初めて開かれた句の世界である。

つぎの山路で出会った菫《すみれ》は、多くの動物が通るけもの道に咲いている可憐な花であるのに、動物や鳥に食べられもせず、そして旅路にひっそりと咲いて、芭蕉を喜ばした。大自然の中の小さな花が美しく、また可憐である。木槿《むくげ》は瞬時に消え、菫草はゆかしい生命をじっと守っている。この対比を芭蕉は鮮明に詠みこんだ。

4　『笈《おい》の小文《こぶみ》』

貞享四年（一六八七年）一〇月二五日に江戸を立って尾張から伊賀に入り、故郷で年を越し、伊勢にて遊び、弟子の杜国《とこく》をともなって吉野の花を見、さらに高野山・和歌浦・須磨・明石とめぐり歩いた紀行である。『笈の小文』とは芭蕉が別の紀行のためにとっておいたのだが、没後弟子たちが紀行文を組み立て、この名前をつけたという。

笈《おい》というのは、旅の僧が仏具、衣服、食器、食糧などを入れて、背に担う箱で、地に置いたときに安定がいいように四隅に木の脚がある。つまり、芭蕉を旅の僧になぞらえた俳諧紀行である。弟子たちが造ったために、『おくのほそ道』などを参照して弟子たちが書いた部分もあるらしく、芭蕉の吟行したときの思いなのか、後に弟子たちが書いた推測による文章なのか迷う、と諸家は言っているが、それは『おくのほそ道』にも芭蕉の旅のずっとあとの思いや文章の推敲があるのに似ていて、諸家もそれを承知で、文章を読み、論じているので、『笈の小文』も同じことであると思うよりほかの方途はない。

真っ先に序文がある。なかなかの名文で、まずはこれを吟味してみよう。

百骸九竅《ひやくがいきゆうきよう》の中に物あり、かりに名付けて風羅坊《ふうらぼう》と言ふ。誠にうすものの風に破れやすからんことを言ふにやあらむ。かれ狂句を好むこと久し。つひに生涯のはかりごととなす。ある時は倦《う》んで放擲せんことを思ひ、ある時は進むで人に勝たむことを誇り、是非《ぜひ》胸中に戦うて、これが為に身安からず。しばらく身を立てむことを願へども、これが為にさへられ、しばらく学んで愚をさとらんことを思へども、これが為に破られ、つひに無能無芸にして、ただこの一筋につながる。

西行の和歌における、宗祇の連歌における、雪舟の絵における、利休が茶における、その貫道するものは一《いつ》なり。しかも風雅におけるもの、造化にしたがひて四時《しいじ》を友とす。見るところ花にあらずといふことなし。思ふところ月にあらずといふことなし。像《かたち》、花にあらざる時は夷狄《いてき》にひとし。心、花にあらざる時は鳥獣に類す。夷狄を出で、鳥獣を離れて、造化にしたがひ、造化にかへれとなり。

この序文、ちょっと難しそうだが、文の内容を追っていけば、やさしいことが書いてあるのだ。

百骸《ひゃくがい》とは体の中にある沢山の骨、九竅《きゅうきょう》とは体に空いている九つの穴のことで、つまり二目、二耳、二鼻、一口、一尿口、一肛門で九つの穴。つまり百骸九竅は人の身体のことである。身体の中に物、つまり心がある。

風羅とは風にひるがえるうすもので、破れやすい芭蕉の葉のこと、坊をつけて芭蕉は、自分のあだなにしているのだ。さて風羅坊は狂句、つまり俳句を好んで生涯の仕事にした。時には、俳句に飽きてしまったし、時にはいい俳句が詠めて人に勝ったりしたが、なにせ俳諧師というのは厄介な仕事で、ふと仕官して楽をしようと思ったりした。しかし、好きな道の俳諧師は棄てられず、今も仕事としている。
西行の和歌、宗祇の連歌、雪舟の絵、利休の茶、と道を行く者は、同じ心を持っている。四季の変化を、花と月を、愛して仕事をしているではないか。花も月もどうでもいいと言うようなのは鳥獣か未開人だ。造化の妙を楽しむ俳句を棄てるなど、つまり心を捨てるなど、とんでもないことだ。

鳴海《なるみ》に泊りて
星崎《ほしざき》の闇を見よとや啼《なく》千鳥

名古屋の鳴海町で、同地の門人知足《ちそく》の家に宿泊した。星崎の闇の空を見よとでも私に言うつもりか、哀切な鳴き声の千鳥がいた。まるで闇を見よと誘うような鳴き声であった。

闇には、古来の叙情とちがって、哀切の響きがあって、千鳥に聞きほれ、天地を包む闇の強い表現力に魅かれるのであった。

闇の力を詠んだ秀句については、『野ざらし紀行』の外宮の闇についても述べたけれども、芭蕉は夜空の星よりも、星の見えぬ夜の闇に宇宙の根源を認め、闇の美の発現を大事にしている。この芭蕉の感覚は彼の俳諧の中心を占めているので、もう少し述べてみたい。例として『おくのほそ道』の一句をあげよう。

荒海や佐渡によこたふ天河《あまのがは》

芭蕉の視線は、まず目の前の荒海に落ちている。七夕時の荒れた海である。荒海はなにに支えられているか。波の下の暗い深海に支えられている。視線が揚がって佐渡島を見る。島にある歴史は流謫《るたく》の歴史である。暗い歴史である。そして視線は天の川に上がる。明るい星の河だ。この満天の星を支えているのは広大無辺な闇である。この世のすべて、森羅万象は闇から生まれる。これが芭蕉の大事にした感覚なのだと私は思う。

師走十日余り、名古屋を出《い》でて旧里《ふるさと》に入らんとす。

旅寐してみしやうき世の煤《すす》はらひ

江戸城内の煤はらいは師走一三日に行われたので、庶民もこれに倣《なら》って、一斉に煤はらいを行った。これは家にいるものが、みんなで協力して賑やかに行ったものだ。それで、昔、父母が健在であった幼年時代を思いだし、世間の習慣など忘れて旅寝をしてきた自分も、賑やかな人々を見て、今の年老いた身を思い、旅寝という浮世ばなれした日々を送っている自分を思うという。俳諧師の日常が、いかに浮世ばなれしているかを、簡潔な一句にまとめたところが面白い。

旅の具多きは道さはりなりと物みな払ひ捨てたれども、夜の料にと紙子《かみこ》ひとつ、合羽やうの物、硯・筆・紙・薬など、昼餉《ひるげ》なんど物に包みてうしろに背負ひたれば、いとど臑《すね》よわく力なき身の、あとざまにひかふるやうにて道なほ進まず、ただものうきことのみ多し。

草臥《くたびれ》て宿かる比《ころ》や藤の花

旅の道の困難さに疲れきった芭蕉が、愚痴をこぼしているような文章と俳句である。自分が好んで行っている旅に疲れ果てた芭蕉は、それでも藤を仲間にひきいれて俳句を詠んで、じっと疲労に耐えてみせている。たそがれ時の藤の花は頼りなさそうに見える。「比《ころ》や」の切字「や」は嘆きの心を示していて、「藤の花」を装飾している。吉野にて花を見たあとの満足が、疲労と宿探しによって少し削られ、さらにたそがれの、色も定かでない藤によって揶揄されている。

卯月《うづき》なかごろの空も朧《おぼろ》に残りて、はかなき短夜《みじかよ》の月もいとど艶《えん》なるに、山は若葉に黒みかかりて、ほととぎす鳴き出づべきしののめも海のかたよりしらみそめたるに、上野とおぼしき所は麦の穂浪《ほなみ》あからみあひて、漁人《あま》の軒ちかき芥子《けし》の花のたえだえに見わたさる。

海士《あま》の顔先《まづ》見らるゝやけしの花

陰暦四月中旬の空もおぼろに春の気配を残して、すぐ隠れてしまう、月もなかなか美しいのに、木々の若葉は黒く染められて、やがてほととぎすが鳴きだすはずの夜明けとなった。海のほうから白み始めて、須磨寺附近の台地、上野にはあまの家々が並び建ち、その軒端には、麦の穂の波が見渡される。芥子の花もその附近に所どころに咲いている。

夜が明け初《そ》めて来ると、芥子の花の咲くあたりに海士（海女）の顔がちらほら見えてくるのが、よい風情だ。

須磨寺は『平家物語』の遺品を多くとどめ、平敦盛《あつもり》の笛など有名である。また『源氏物語』の舞台でもある。それら古典を背景に朝がゆっくり開けてくる様子は、まるで古典劇の幕が上がっていき、明るい照明が照らしてくるかのようだ。

「かかる所の秋なりけり」とかや。この浦のまことは秋をむねとするなるべし。悲しさ寂しさ言はむかたなく、秋なりせば、いささか心のはしをも言ひいづべきものをと思ふぞ、わが心匠《しんしやう》の拙《つたな》きを知らぬに似たり。淡路島手に取るやうに見えて、須磨・明石の海右左にわかる。呉・楚東南のながめもかかる所にや。物知れる人の見はべらば、さまざまのさかひにも思ひなぞらふるべし。また、うしろのかたに山を隔てて、田井《たゐ》の畑《はた》といふ所、松風・村雨の古里といへり。尾上《をのへ》つづき、丹波路《たんばぢ》へかよふ道あり。鉢伏《はちふせ》のぞき・逆落《さかおと》しなど、恐しき名のみ残りて、鐘掛松より見おろすに、一《いち》の谷内裏屋敷《たにだいりやしき》、目の下に見ゆ。その代《よ》のみだれ、その時のさわぎ、さながら心に浮び、俤《おもかげ》につどひて、二位の尼君、皇子《みこ》をいだき奉り、女院《にょゐん》の御裳裾《おんもすそ》に御足《おんあし》もつれ、船屋形《ふなやかた》にまろび入らせたまふ御有様、内侍《ないし》・局《つぼね》、女嬬《にょじゅ》、曹子《ざうし》のたぐひ、さまざまの御調度《おんちょうど》もてあつかひ、琵琶・琴なんど、褥《しとね》・蒲団にくるみて船中に投げ入れ、供御《くご》はこぼれて鱗《うろくづ》の餌《ゑ》となり、櫛笥《くしげ》は乱れて海士《あま》の捨て草となりつつ、千歳の悲しびこの浦にとどまり、白波の音にさへ愁《うれひ》多くはべるぞや。

この『笈の小文』の最後の散文の、なんという美しい文章であることよ。冒頭の開幕の文章と響き合って、「小文」をきっかりと締めている。旅の初めにあったのは、骸骨となったおのれの姿であったが、最後にあるのは幼い天皇の最期である。最初の旅立ちの恐ろしい予感を、「小文」の終わりの秋に明石須磨を見て、平家滅亡の有様を哀れの涙でかざったのだ。

ここは大意を述べるに止めて、芭蕉の不思議に動的な文章は、みなさんの丁寧な読書におまかせしよう。

まず須磨の海は右に見え、明石の海は左に見える。それが、中国の呉の国と楚の国の眺望に似ていると想像する。名所として、田井の畑という集落が、松風・村雨のふるさとだという。次第に一の谷が近づいてきて、鉢伏のぞきから平家の一の谷内裏屋敷に注目する。そのあとは、二位の尼君、つまり清盛の妻が幼い安徳天皇を抱いて登場し、天皇に常時はべる内侍、女官の局、掃除係の女嬬、雑役係の曹子と登場しては、いずれも海の底に沈んでいくさまを、動画風に描いている。

5　『おくのほそ道』

芭蕉の散文が日本語の表現として、いかに優れて、いかに美しいかを体験していただきたいので、『おくのほそ道』の冒頭の文章を示す。原文と私の現代語訳を提示するのは、みなさんに原文を何度か読み返し、その日本語の美を味わっていただきたいからである。

月日は百代《はくたい》の過客《くわかく》にして、行きかふ年もまた旅人なり。舟の上に生涯を浮べ、馬の口とらへて老を迎ふる者は、日々旅にして旅を住みかとす。古人も多く旅に死せるあり。予もいづれの年よりか、片雲の風にさそはれて、漂泊の思ひやまず。海浜にさすらへ、去年《こぞ》の秋、江上《かうしやう》の破屋に蜘蛛の古巣を払ひて、やや年も暮れ、春立てる霞の空に、白河の関越えんと、そぞろ神のものにつきて心を狂はせ、道祖《だうそ》神《じん》の招きにあひて取るもの手につかず。股引《ももひき》の破れをつづり、笠の緒つけかへて、三里に灸すゆるより、松島の月まづ心にかかりて、住めるかたは人に譲り、杉風《さんぷう》が別墅《べつしよ》に移るに、

草の戸も住替《すみかは》る代《よ》ぞひなの家

表八句《おもてはちく》を庵の柱に掛けおく。

月日は永遠の旅人であって、行く年も来る年も、李白の言うように百代の旅人なのだ。舟の上で一生を送る船頭も、馬の口を引いて暮らして老いていく馬方も、毎日が旅であって、旅を棲み家にしているようなものだ。昔の人で名のある人たち、能因・西行・宗祇・杜甫・李白なども旅先で死んで行った。予も何歳の時からか、小さな雲が風に乗って飛んで行くのをうらやみ、漂泊の望みが絶えず、『笈の小文』の旅のように、海辺をさすらい、去年の秋、川辺のあばらやの蜘蛛の古巣を払って、やがて年も暮れ、春になって霞の空を見る頃には、浮かれ神が身辺に取りついて心を浮き立たせ、道祖神の旅の誘いに遭って何事も手につかず、股引の破れを縫い合わせ、笠の緒を付け替え、健脚になるという灸点の三里に灸を据え、最高の名所松島の月が見たくて心が焦り、住んでいた庵は人に譲り、弟子の杉風《さんぷう》の別宅に引っ越して一句詠んだ。

草の戸も住替《すみかは》る代ぞひなの家

娘や孫のいる人に庵をゆずったので、やがて雛を飾っている家になるだろう、という連句の発句を庵の柱に掛けておいた。

弥生も末の七日、あけぼのの空朧々《ろうろう》として、月は有明にて光をさまれるものから、富士の峰かすかに見えて、上野・谷中の花のこずゑ、またいつかはと心ぼそし。むつまじきかぎりは宵よりつどひて、舟に乗りて送る。千住《せんぢゅ》といふところにて舟をあがれば、前途三千里の思ひ胸にふさがりて、幻のちまたに離別の泪《なみだ》をそそぐ。

行春《ゆくはる》や鳥啼魚《とりなきうを》の目は泪《なみだ》

これを矢立のはじめとして、行く道なほ進まず。人々は途中に立ちならびて、うしろかげの見ゆるまではと見送るなるべし。

さて、元禄二年（一六八九年）三月二七日の早朝に旅が開始された。門人の曾良を供として出立し、見送りに来た親しい人々とともに、舟で千住まで行って別れた。前途には三千里もの道中が予定されており、上野や谷中の花とも別れて、いささか心ぼそい気持ちでの出立であった。

この文章、始めは威勢のいい美文だが、終わりにくると別離の寂しさで元気が無くなってくる。

行春《ゆくはる》や鳥啼魚《とりなきうを》の目は泪《なみだ》

と、添えた一句の意味も涙と心ぼそさである。鳥は泣き声で叫び、魚は泪を流し、行く春を惜しんでいる。けだし別離の悲しさである。

ところで『おくのほそ道』とは何か。まずは奥羽の旅・日光、白河、松島、平泉、尾花沢、出羽三山、酒田、象潟《きさがた》。

ついで北陸の旅・出雲崎、金沢、福井、敦賀。

八月二〇日過ぎに大垣、ここに九月六日まで滞在。右に書き連ねた所が『おくのほそ道』の舞台である。

『おくのほそ道』は俳諧紀行の体裁を取っている。日記風の散文とその場で詠んだ俳諧とが互いに寄り合って、独特の表現力で迫ってくる。芭蕉の俳諧が出来上がっていく過程を知るには格好の文献である。

出立の日、三月二七日のうちに、草加の宿《しゅく》に着いた。しかし出発早々、重い荷物を背負って歩き、疲れ果てて宿屋に到着する。紙子（渋紙製の防寒着）、浴衣、雨具、墨、筆、餞《はなむけ》にもらった物は捨てるわけにもいかぬ荷厄介である。これらの重い荷物が痩せた体を苦しめた。

栃木の室《むろ》の八島明神（歌枕）にお参りする。神道に詳しい曾良が「この祭神は、木《こ》の花《はな》さくや姫《びめ》と申し、富士山の浅間《せんげん》神社の祭神と同じ方です」と教えてくれた。

三月三〇日、日光山のふもとに泊まった。

四月一日、日光山にお参りする。家康が天下泰平をもたらしてくれたと感謝している。そしてつぎの文章、最大限の家康褒めである。私は芭蕉の誉め言葉の累積に驚く。

千歳《せんざい》未来を悟りたまふにや、今この御光《みひかり》一天にかがやきて、恩沢八荒《おんだくはつくわう》にあふれ、四民安堵の住みか穏やかなり。なほ、はばかり多くて、筆をさし置きぬ。

あらたうと青葉若葉の日の光

おおなんと尊く思われることだ。穏やかな世に、青葉若葉に降り注ぐ日光山の光は。となると、芭蕉は本気で家康を崇めている。その心と乞食を旨とする荘子への賛美とはどうつながるのか。その詮索はすでに「第一部　6　荘子と兼好」「第二部　8　春」で果たしているので思い出していただきたい。要約すれば、はじめ家康の日光東照宮への挨拶句の趣が強く出た句を、春先の青葉の美を詠った句に仕上げた芭蕉のするどい感覚が素晴らしかったというのが、私の意見であった。

四月一日、黒髪山（男体山）に霞がかかり、雪がまだ白く残っている。

剃《そ》り捨《す》てて黒髪山に衣更《ころもがへ》

の一句は曾良の作となっているが、実は芭蕉の代作である。こうして、『おくのほそ道』には事実と違う文章や設定が表現されている。芭蕉の文章は、曾良が丹念につけた日記とも違い、彼の想像の文章が挿入されている。それは事実よりも文章の質を高めるために、推敲に推敲を重ねて、この旅日記を品格ある文章と俳句で埋めていったからである。そのため、どこまでが事実で、どこまでが想像なのかはわからない。私の読んだ芭蕉の伝記や研究書でも、事実を求める本を読むと釈然としなくなり、面白さが半減する。そういう読み方ではなくて、表現や文章の勢いを鑑賞する方が楽しいし、それを芭蕉は本意とすると思う。

山奥へと歩いていくと、裏見の滝というのに出会う。滝の裏側から初夏の景色を見て一句。

暫時《しばらく》は滝にこもるや夏《げ》の初《はじめ》

夏《げ》とは夏の初めに九十日間、念仏や滝に打たれて修行することを言う。実際に籠ったのではないし、滝に打たれたのでもないが、その心意気を覚えたというのである。

さて四月二〇日、やっと白河の関に到達した。

心もとなき日かず重なるままに、白河の関にかかりて、旅ごころ定まりぬ。「いかで都へ」と、たより求めしも、ことわりなり。なかにも、この関は三関《さんくわん》の一《いつ》にして、風騒《ふうそう》の人、心をとどむ。秋風を耳に残し、紅葉を俤《おもかげ》に

して、青葉のこずゑ、なほあはれなり。卯《う》の花のしろたへに、いばらの花の咲きそひて、雪にも越ゆる心地ぞする。古人、冠《かんむり》を正し、衣装を改めしことなど、清輔の筆にもとどめ置かれしとぞ。

卯の花をかざしに関の晴着《はれぎ》かな　曾良

奥羽への入り口に来て、心躍るさまが力ある文章で表現されている。能因の歌「都をば霞とともに立ちしかど秋風ぞ吹く白河の関」と源頼政の歌「都にはまだ青葉にて見しかども紅葉散りしく白河の関」の二つの詠みを、たくみに組み合わせた書きようは見事である。卯の花を雪に見立てたのもよい。古人が冠を正した代わりに、芭蕉と曾良は卯の花をかざして晴れ着にしたのだ。

白河の関を越えて、いよいよ奥羽に入ったのだが、芭蕉の心は松島に向いていて、その焦りのためか散文は、どこか、景色や人物の羅列式である。対象の自然、とくに山や川の文章にあまり精彩がない。そして松島に来て急に緻密で勢いのある文体となる。

この突然の変化ができるのも、何回も読んでみると、前のほうの羅列式の文章が、急に勢いのある細密描写の文章になることで、その変幻の効果を狙っている向きも芭蕉にはあったと読めるのだ。

まず、阿武隈川を渡る。磐梯山が見える。やがて山々がつらなるのが見える。須賀川の宿駅に等躬《とうきゅう》という芭蕉旧知の男がいて、四五日とどめらると書かれている。先を急ぐ身にうるさくまつわる男に泊まっていけと止められて、いまいましいという気持ちがこの「とどめらる」という受け身の文章にありありと読み取れる。

宿駅のそばに、浮世離れした僧がいて、「栗という字は西の木だから、西方浄土を示す」とつまらない事を言うと走り書きをしている。

やっと例の等躬宅から逃げだして、沼の多い街道を行くと、このあたり花かつみが多いと『古今和歌集』にあったので、「どなたか花かつみはどれか教えてください」と人々に尋ねてみるが、誰も知らないので、がっかりする。二本松から福島に来て宿に泊まる。

『伊勢物語』の「みちのくの忍ぶもぢずり誰ゆへにみだれそめにし我ならなくに」の石を訪ねて、信夫《しのぶ》の里に行くが、里の子供が、史実にないと言うので驚く。阿武隈川の月の輪の渡しを渡って福島の瀬の上という宿に着く。

五月一日夜、飯塚温泉（飯坂温泉）に泊まるが、夜は雷と大雨で、雨漏りと蚤と蚊に刺されて眠られない。

伊達領に入った。

奥羽街道を行く。岩沼（宮城県岩沼市）の武隈《たけくま》の二木《ふたき》の松を見て、昔のままに、二股に分れていたのを見て芭蕉は嬉しがり、

桜より松は二木《ふたき》を三《み》月越《つきご》し

と詠んだ。予を待ってくれたのは、桜ではなくて二木の松であった。その松を三月越しに見ることができた。松と待つ、二木三月と数を数え、三月《みつき》と見る

を掛けている。

五月四日、名取川を渡り仙台に入った。端午の節句の前日である。画工の加《か》右衛《え》門《もん》というのが、風雅の判る者というので、付き合う。仙台のあちこちを案内してくれ、別れには紺色に染めた緒の草鞋《わらじ》をくれた。まさしく、風雅の人の贈り物であった。

松島を芭蕉と曾良が見たのは、元禄二年五月九日で、見物したのは、たった半日であった。このあと、一〇日・石巻、一一日・登米、一二日・一ノ関、一三日・平泉の旅である。この日程は紀行の本文と違うのだが、そういう本文は創作として読み進むより仕方がない。

たとえ創作であろうとも松島の本文はなかなかの名文である。


そもそも、ことふりにたれど、松島は扶桑《ふさう》第一の好風にして、およそ洞《とう》庭《てい》・西湖《せいこ》を恥ぢず。東南より海を入れて、江のうち三里、浙江《せつこう》の潮《うしほ》をたたふ。島々の数を尽して、欹《そばだ》つものは天をゆびさし、伏すものは波にはらばふ。或は二重にかさなり三重にたたみて、左にわかれ右につらなる。負へるあり抱けるあり、児孫《じそん》愛すがごとし。松の緑こまやかに、枝葉《しえふ》汐風《しほかぜ》に吹きたわめて、屈曲おのづから矯《た》めたるがごとし。そのけしき窅然《えうぜん》として、美人の顔《かんばせ》を粧《よそほ》ふ。ちはやぶる神の昔、大山祇《おほやまづみ》のなせるわざにや。造化の天工、いづれの人か筆をふるひ、ことばを尽さむ。

雄島が磯は、地つづきて海に出でたる島なり。雲居《うんご》禅師《ぜんじ》の別室の跡、坐禅石などあり。はた、松の木かげに世をいとふ人もまれまれ見えはべりて、落穂・松笠などうち煙りたる草の庵しづかに住みなし、いかなる人とは知られずながら、まづなつかしく立ち寄るほどに、月、海にうつりて、昼のながめまた改む。江上《かうしやう》に帰りて宿を求むれば、窓をひらき二階を作りて、風雲の中に旅寝するこそ、あやしきまで妙《たへ》なる心地はせらるれ。

これこそ昔から言い古されたことだが、松島は日本一の景勝地で、唐の洞庭湖や西湖に引けを取らない。東南の入り江は三里あり、これまた浙江なみの景勝である。あらゆる島の景色を集めたように、天を指さし、波に腹ばいしている。二重に重なり、三重に畳まれ、左に分かれ右に連なる。負んぶに抱っこで子や孫のようにもつれ合っている。松の緑は濃く、枝葉は風のままにたわめられて自然のままなのに、手の込んだ細工のようだ。その出来ばえ見事で、美女のように惚れ惚れ見とれてしまう。神代の昔、山の神の奇蹟にであったかのようだ。

陸地から渡月橋で渡った雄島が磯には、瑞巌寺を中興した雲居禅僧の別室の跡、座禅石などがある。松の木陰に世捨て人となりたいと言う人もまれには姿見えて、落穂・松かさなどでけぶった草の庵に住んでいて、どのような人かは知らないが、なつかしく思い立ちよってみると、月、海にうつり、昼の眺めを改める。入り江の近辺で宿を見つけると、窓を開いた二階造りは、風雲の旅寝で絶妙の心地であった。

芭蕉の筆では一日、瑞巌寺を見物して、二日に石巻、となっている。しかし泊まる宿は少なくて、どこへ行っても断られる。やっと、貧しい家に泊めてもらい、一夜を明かすのであった。

そして、石巻の歌枕、袖の渡り・尾ぶちの牧、真野の萱原《かやはら》など、よそ目に見て、ひたすらに平泉を目指す。二十余里を行き、平泉に着いた。いきなり緻密な文章となる。この文章、割合に易しいので原文の次に解説を入れておくから、すらすらとお読みあれ。

三代（藤原清衡《きよひら》・基衡《もとひら》・秀衡《ひでひら》の三代）の栄《え》耀《えう》一睡《いつすい》のうちにして（一炊の夢のようだ）、大門の跡は、一里こなたにあり。秀衡が跡は、田野になりて、金鶏山（金の鶏を頂上にうずめた人工の山）のみ形を残す。まづ、高館《たかだち》（義経の旧居跡の丘）にのぼれば、北上川、南部（南部領）より流るる大河なり。衣《ころも》川《がは》は、和泉《いづみ》が城《じやう》をめぐりて、高館のもとにて大河に落ち入る。泰衡らが旧跡は、衣が関を隔てて、南部口をさし固め、夷《えぞ》を防ぐと見えたり。さても、義臣（弁慶や兼房らを指す。兼房は白髪で奮戦して死ぬ）すぐってこの城にこもり、功名一時の草むらとなる。「国破れて山河あり、城春にして草青みたり」（杜甫の「春望」の詩）と、笠うち敷きて（路傍で休息するときの慣用言葉）、時のうつるまで泪《なみだ》を落しはべりぬ。

夏草や兵《つはものども》共がゆめの跡

卯の花に兼房見ゆる白髪《しらが》かな　曾良（卯の花のように髪の白い兼房は奮戦して花に飾られたと曾良は詠んだ）

芭蕉は衣川の合戦について、よく調べ、土地の景色を詳しく解説できた。木曾義仲にしても、義経にしても、好みの武将は、敗れた将軍である。ここは判官びいきの姿勢を正直に、文章に書き、泪し、句を詠んでいる。

かねて耳驚かしたる（話に聞いて驚いた）二堂、開帳す。経堂は三将の像（これは芭蕉の思い違いで、文殊菩薩ほか二仏）を残し、光堂は三代の棺（清衡・基衡・秀衡の棺）を納め、三尊の仏（阿弥陀如来・観世音菩薩・勢至菩薩）を安置す。七宝《しっぽう》（金・銀・瑠璃などの七つの宝石）散りうせて、珠の扉風に破れ、金《こがね》の柱霜雪に朽ちて、すでに頽廃空虚の草むらとなるべきを、四面あらたに囲みて、甍《いらか》（屋根）をおほひて雨風をしのぐ。しばらく千歳《せんざい》の記念《かたみ》とはなれり。

五月雨《さみだれ》の降残《ふりのこ》してや光堂《ひかりだう》

芭蕉と曾良は、経堂と光堂を礼拝したのち、平泉を去り、岩手の里に泊まるが、旅人の少ない田舎である。関守に怪しまれ、やっと関を通してもらう。宿屋もないので、国境の番人の家に泊めてもらう。三日間風雨が荒れて、つまらない山の中から動けない。何しろ不潔なあばら家である。

蚤《のみ》虱《しらみ》馬《むま》の尿《しと》する枕もと

　このあたりの家では、母屋の中に馬屋があるので、およそ風雅に関係のない有りさまだ。辺土の苦しい旅の実感として、あえて詠んだ句である。それにしても、今の日本人ならば、よほど高齢の人でなければ、蚤も虱も知らないであろう。戦争中に少年兵だった私は、演習という模擬戦争で豊橋の演習場に泊まったとき、蚤の大群に襲われた経験がある。蚤は二、三ミリの昆虫で刺されると猛烈に痒い。ぴょんぴょん飛んで素早く逃げてしまう。虱も昆虫だが、鈍重で髪の毛のなかに好んで潜むのが多い。やはり血を吸う。しかし、捕まえて人間の皮膚から離すと死んでしまう。そこで、髪の毛を洗い、一匹ずつ捕まえていくと虱取りができる。

　馬の尿は、「しと」とも「ばり」とも言われる。雨で湿った屋内には「しと」と読むのがいいと私は思う。

不潔な家の中を詠んでいるのだが、人馬が一緒に住む温かさをも感じる句である。

ところで、国境の番人の家で詠んだこの一句を素晴らしい句だと私は思っているのだが、芭蕉についての諸著書を開いてみても、この句について論じた物が少ない。やっと見つけたのが、柳川彰治編著、有馬朗人・宇多喜代子監修の『松尾芭蕉この一句』であった。「現役俳人の投票による上位一五七作品」の五八位に選ばれている。そこで三人の俳人が鑑賞文を書いている。一は「蚤虱馬」は、存在として平等で、芭蕉はアニミズムでこの句を作ったと。二は穢いものを美しいものに変換した最高の芸だと。三は芭蕉が題材の選定にきわめて自由であった、というのだ。しかし、私はそれだけだろうかと不審なのだ。

この句は、芭蕉の感性と思想の真髄を詠んだものだというのが私の見解である。三日の激しい風雨のさなかで、国境の番人の貧しい家に宿を取った。そこは家の中に、家畜と家人とが一所に住んでいる。蚤と虱が芭蕉に襲いかかる。

馬は立ったままで、滝のような尿を落とす。山奥の小屋は、雨漏りと振動で今にも倒れ伏すように嵐に震えている。小屋が倒れたならば、死も襲ってきそうな有様だ。死は人間社会の束縛から解放されることだというのは、乞食《こつじき》になったおのれの死を垣間見ること、末は骸骨となって路辺に横たわるのを理想とした荘子の哲学に近い。俳人として、質素でぼろ屋の庵に住んでいた芭蕉にとっての、蚤虱馬は自然そのもので、むしろ羨ましいくらいの家なのだ。それに死という安息まで与えてくれる。芭蕉は嵐に翻弄されているぼろ屋にいて、幸福さえ覚えたと私は読み取った。

さて家のあるじの親切がぼろ屋に加わる。「この先、出羽の国に入る。大山で道が歩きにくいから、案内人を雇ったらいい」と彼が言ったので、屈強の若者を雇った。反《そ》りのある脇差を腰にさして、樫の杖をつき、芭蕉らの先頭を歩く。強盗など出たときはどうしようと思いながら、若者の後について行く、一転、強盗を恐れる都会人まるだしの気持ちの変化だ。芭蕉らのかるみのある道行が面白い。

あるじの言ふにたがはず、高山森々《かうざんしんしん》として（樹木が高く茂り、静寂に包まれ）一鳥声聞かず（鳥も鳴かず）、木《こ》の下闇《したやみ》茂りあひて、夜行くがごとし。雲端《うんたん》につちふる（雲の端から砂交じりの風が吹きおろすような）心地して、篠《しの》のなか（小笹を）踏みわけ踏みわけ、水をわたり、岩につまづいて、肌《はだへ》につめたき汗を流して、最上の庄に出づ。かの案内せし男《をのこ》の言ふやう、「この道必ず不用《ぶよう》のことあり。つつがなう送りまゐらせて、仕合《しあはせ》したり」と、よろこびて別れぬ。あとに聞きてさへ、胸とどろくのみなり（胸がどきどきするようだ）。

この一節、文章は深山の道中を正確に写生していて迫力がある。同時にぼろ屋で自然と死に弱々しい恐怖を覚えているおかしみが伝わってくる。

尾花沢《おばねざわ》（今の山形県尾花沢市）で清風《せいふう》という旧知の俳人を訪ねた。紅花問屋の金持ちだが人柄よく、京都や江戸でも会っていたので、長旅をいたわり、もてなしてくれた。芭蕉と曾良はここに、一〇日も滞在した。

這出《はひいで》よかひやが下《した》のひきの声《こゑ》

飼屋《かいや》とは蚕を飼っている小屋のことで、その下で鳴くヒキガエルの声がいかにも人恋しいというのだ。その声は鈍重だが、滑稽味もあるので、山から抜け出てきた芭蕉には、さらにも耳に快く響いたであろう。

五月二七日、立石寺の宿坊に泊まる。

山形領に立石寺《りふしやくじ》といふ山寺あり。慈覚大師《じかくだいし》（平安初期天台宗の僧）の開基にして、ことに清閑の地なり。一見すべきよし、人々のすすむるによりて、尾花沢よりとつて返し、その間《あひ》七里ばかりなり。日いまだ暮れず。ふもとの坊に宿借りおきて、山上の堂にのぼる。岩に巌《いはほ》を重ねて山とし、松柏年旧《ふ》り、土石老いて苔なめらかに、岩上の院々扉を閉ぢて、物の音きこえず。岸をめぐり、岩を這ひて、仏閣を拝し、佳景寂寞《かけいじやくまく》として心澄みゆくのみおぼゆ。

閑《しづか》さや岩にしみ入《いる》蝉の声

山奥の静かさのさなか、心地よく澄んだ耳に蝉の鳴き声がした。堅い大きな岩に吸い込まれて、また静かになった。蝉の鳴き声が、なんと静かさを深めることよ、という心象風景がまず考えられる。

蝉の声を斎藤茂吉はアブラゼミとしたが、小宮豊隆はニイニイゼミとした。これは後者の勝になったという。じいーと長く尾を引く鳴き声だが、途切れた時に息継ぎのような静寂がある。それを芭蕉は逃さず感得したと私は思う。しかし、芭蕉は散文では、寺は「物の音きこえず」と書いているのだから、蝉なぞ鳴かなかったとも言える。すると、「岩に巌を重ねて山とし」の岩が、生命を持つ蝉を飲みこんだあとの静けさを、つまり岩が生きているかのようなアニミズムの世界を描いているとも言える。とにかく、さまざまな想像を読む人に恵んでくれる秀句である。この句については「第一部　2　死の世界」で、すでに鑑賞しておいた。

立石寺のあと、最上川岸に出て、舟に乗ろうとして大石田《おおいしだ》（山形県大石田町）で船待ちをする。土地の人に頼まれて、句作の手ほどきをする。舟に乗ると、左右に山が迫り、白糸の滝は青葉の間に白い飛沫を見せている。そこで一句。

さみだれをあつめて早し最上川

この句についても「第二部11名句」で鑑賞しておいたところである。

六月三日、羽黒山に登る。左吉《さきち》なる染物業者が芭蕉に入門する。四日、ある寺で俳諧興行。八日、月山に登る。氷雪を踏んで頂上に到達、日没して月が昇る。頂上で眠り、日の出のとき、雲が消えたので下山。芭蕉は結構な健脚である。湯殿山に下る。羽黒山、鶴が岡（山形県鶴岡市）、と来て、酒田の医師《くすし》の家に泊まる。ここで最上川を夕方に見て一句。

暑き日を海に入れたり最上川

この句、最初は、

涼しさを海に入《いれ》たりもがみ川

であった。六月一五日の今日は暑い一日であったが、夕方になって涼しくなる。まるで日を最上川が海に入れてくれたためのようだ。奇抜な発想で驚かす。まことに壮大な作句である。

当時、象潟《きさがた》は松島と並ぶ多島の景勝地であったが、文化元年（一八〇四年）の地震で陸地になってしまった。芭蕉は象潟に舟を浮かべ、能因法師の隠棲した島に行き、ついで西行が「象潟の桜は波に埋もれて花の上漕ぐ海士《あま》の釣舟」と詠んだ老い桜が残っているのを見る。

松島は笑ふがごとく、象潟は憾《うら》むがごとし。寂しさに悲しみを加へて、地勢魂をなやますに似たり（その土地の趣が人の魂を悩ますに似ている）。

象潟《きさがた》や雨に西施《せいし》がねぶの花

象潟のおもむきは雨に濡れている合歓《ねむ》の花のよう、すなわち憂愁をたたえて目をつぶっている西施のようである。

北陸に入る。酒田の友人たちと袂を分かち、北陸道を遠くに認めた。加賀の金沢まで一三〇里だそうだ。まず鼠《ねず》の関《せき》（出羽と越後の国境の関）、ついで市《いち》振《ぶり》の関（越後と越中の国境の関）。ここで突然『おくのほそ道』最高の名句が飛びだす。

七月六日、七夕の前夜の句として、次の句が登場する。

荒海や佐渡によこたふ天河《あまのがは》

この句については、すでに「第二部11名句」で述べたので委細を云々しない。

親知らず、子知らず、犬戻り、駒返しなど北国一の難所を越えて、宿に泊まれば、新潟の遊女二人が同宿していて、若い女の声での会話が聞こえる。芭蕉は大いに同情するが、遊女二人が一緒に行きたい、お供したいと言うのを、断ったあとも、哀れさに胸を痛める。

一家《ひとつや》に遊女も寐たり萩と月

宿の庭の萩と空の月とは、遊女と芭蕉の、よく似た流浪の生活にふさわしい。

担籠《たこ》の藤波（富山県氷見市）は藤の名所だから訪れてみようと人に尋ねてみると、この先は海士《あま》の苫屋《とまや》が並んでいて、いずれも極貧の家々だから泊めてはくれまいと言われ、加賀の国に入る。

卯の花山、倶利伽羅が谷など木曾義仲の古戦場を越えて、芭蕉と曾良が『おくのほそ道』で一番繁栄していた城下町金沢に着いたのは元禄二年七月一五日であった。この地には七月二四日まで滞在することになる。

最初の夜は薬種業の宮竹屋の経営する宿屋に泊まった。そこに金沢の俳人たちが集まり、芭蕉が会いたいと思っていた一笑《いっしょう》が去年一二月に死去の由を伝えられた。翌日は宮竹屋の本家に招待されて俳人たちが大勢（人数不明）長旅の末に現れた芭蕉をねぎらい挨拶をした。芭蕉接待の中心にいたのは小春と名乗る宮竹屋の三男であった。その後も宮竹屋の分家の経営する宿に泊まることが多かったようだが正確な記録はないようである。金沢の場合、豪華な宴席が多く、連句を巻くことはなかったようだ。

金沢に滞在して多くの門人知人との交友があったことが『曾良日記』には記されてあるが、日々に誰が同宿したか、あるいは誰の接待を受けたかについては、あまり具体的な記述がない。人の名前や土地名も耳で聞いただけの場合誤記がままある。また後世の研究によって判明した新事実がある反面、創作上句会が開かれ、芭蕉も『おくのほそ道』以外の句を詠んだことになっている偽作も流通していたようだ。たとえば、ある偽作では、連日の饗応に飽いた芭蕉が「今宵のもてなし、心遣いの程はうれしいが、まるで自分が大名になったみたいだ、もっと風雅のさびをいただきたい」と言ったと記録されていた。つい最近二〇一五年出版された金沢学院短期大学紀要の藏角利幸の研究『芭蕉、二軒の宮竹屋に宿泊』がもっとも確かな情報だと私は思っている。すなわち金沢に着いた芭蕉は薬種業宮竹屋分家の宿に一泊した翌日、宮竹屋本家のあるじ俳諧師の小春の招きで本家に行き大勢の人々の歓迎を受けた。無論厚い持て成しがあり、芭蕉に出会って蕉門の弟子となる人も何人か出てきた。

芭蕉の動向は次のようであった。七月一六日に本家に宿泊したほかは最初の日と同じく分家の宿に宿泊したようである。一七日、源意庵宅で句会、二〇日、斎藤一泉の松玄庵で歌仙の連句、夕方野端山で遊ぶ。連句の場で一句。

秋すゞし手毎《てごと》にむけや瓜茄子《うりなすび》

二一日高巌寺で遊ぶ。二二日願念寺で一笑の追善会。ここで新作俳句を芭蕉が披露したと思う。

塚もうごけ我泣声《わがなく》は秋の風

これは一笑の死を悲しむ芭蕉の心が爆発したような力のある表現である。芭蕉の号泣がそのまま詠み込まれた句で、若い弟子の死と師の喪失感がぴたりと表現されている。

二三日、宮の腰に遊ぶ。

あか〳〵と日は難面《つれなく》も秋の風

この句は金沢に入る途中の作品だが、あたかも金沢を出るときの句のような位置に提示された。「秋の風」で威勢よく押さえた二句を並べて読者の目を引いてやろうという芭蕉の心意気を示すようで面白い。

金沢を出てすぐの作品。小松では、その土地の名前が愛らしくていいと一句を詠む。

しほらしき名や小松吹萩薄《ふくはぎすすき》

なんと可愛らしい名前だろう小松とは、小松の木に吹く風が萩とすすきをそよがせて、旅人を慰めてくれる。

小松の多太《ただ》の神社に、平維盛に従った斎藤別当実盛の甲がある。敵となった義仲に、老人と見られぬよう、白髪を墨で染めて出陣し、奮戦したが討ち死にの末路である。

むざんやな甲《かぶと》の下のきり〳〵す

立派な甲の下でコオロギが鳴いている。かぼそい寂しい声だ。なんと悲しい老武士の末路であったことか。

七月二七日、山中温泉着。白山が後ろに見える。観音堂がある。第六五代花山天皇が仏門に入り、花山の法皇となられた。観世音菩薩の像を安置したまいて、奇石がさまざまあり、古松を植え並べて、萱葺《かやぶき》の小堂を岩の上に造り、信仰厚い土地を創出した志は立派である。

石山の石より白し秋の風

石山の石は白いが、その白さより白い秋の風である。秋風を白しとするのは古くからの和歌の風習である。秋風は涼しく、混じり気のない白色で、吹けば清浄で涼しく、残暑を清らかな白に変えてくれるという。忙しい旅、急ぐ旅だ。しかし高い所にある神社、寺、高山を登る忍苦の旅でもある。

山中温泉に入浴して芭蕉は大満足である。その効果が有馬温泉に次ぐといわれているのも彼を嬉しがらせている。

山中や菊はたおらぬ湯の匂《にほひ》

寿の霊験あらたかと言われている菊を手折る必要もなく、ただ湯に入ればいい。湯の醸し出す芳香が百薬の長である。

この温泉宿の主人はまだ一四歳の少年。京都から貞室と言う有名な人がその昔来た折、父に俳句のことで辱めを受け、その後京都の貞徳の門人になり、世に知られるようになった。しかし、偉くなっても、この山中の人々から俳句の添削料を取らなかったという昔話がある。

ところでこの七月二七日、曾良は腹の病で伊勢の長島（今の三重県桑名市長島町）のゆかりの人のもとへ、独り旅立った。

行き行きて倒れ伏すとも萩の原　　**曾良**

行けるところまで行き、倒れて死ぬにしても、せめて萩の咲いている原であって欲しい。これは曾良の悲しみの句である。

行く者の悲しみ、残る者のうらみ、隻鳧《せきふ》の別れて雲に迷ふがごとし。

「隻鳧の別れ」とはなにか。鳧とはケリという鳥で鳩に似てるが脚が長いと辞書にある。二羽連れだって旅をするうち、一羽が別れて帰り、もう一羽はとどまることとある。

蘇武という武帝に仕えていた人が、匈奴に捕まり、一九年の抑留生活の末、匈奴との和解が成立して長安に帰る。この和解の成立には、蘇武が雁の脚に結んで置いた手紙が、天子の射止めた雁であり、匈奴との和解ができたそうだ。長年、雁の代わりに鳧《けり》に見立てられた蘇武が、友人一人を残して長安に帰る。長年、一緒に抑留されていた人が、別れていくのを芭蕉が曾良との別れに擬したと言う訳であった。

そこで芭蕉のしたことは、笠に書いてあった同行二人の文字を消すことだった。

けふよりや書付消さん笠の露

この場合芭蕉は曾良をうらんでいるのか。行く者の悲しみ、残る者のうらみと芭蕉は書いている。曾良は悲しんでいる。とすると曾良個人へのうらみではなく、完璧な同行二人を目指した俳諧紀行に一人が欠けたうらみであろうか。

七月二八日、山中温泉の和泉屋の菩提寺である全昌寺の衆寮（雲水の寮）に泊まる。曾良も前日ここに泊まったのだが、もはや一〇〇〇里も遠くにいる感じだ。

曾良の句を芭蕉は示しているが、この時点でそれを知ることは不可能だから、あとからの挿入である。

終宵《よもすがら》秋風聞くや裏の山

あけぼのの空が近い刻限、僧たちの澄みきった読経が静寂を澄みきった声で聞こえてき鐘板（日課を知らせる板）がなって、急いで食堂《じきどう》に入る。若い僧たちが紙と硯を抱えて、階段まで追ってくる。その時、庭の柳が散っていたので、

庭掃《はき》て出《いで》ばや寺にちる柳

と取りあえずの即興として、草鞋《わらじ》履きの姿で書きあたえた。

加賀と越前の境の吉崎の入り江、北潟湖の対岸にある「汐越《しおこし》の松」を舟に乗って訪ね、見て、西行の歌（これは間違いで蓮如上人の作、当時、西行作だという誤伝が伝わっていた）の素晴らしい表現を認めた。

終宵《よもすがら》嵐に波を運ばせて
月を垂れたる汐越の松

夜通し、嵐の波しぶきを浴びた松は枝を飾る水滴ごとに月を映して美しい。

この一首で汐越の松は完璧に表現されている。さすが西行だと芭蕉は感激して

いるが。

八月一〇日、丸岡（松岡の誤り。福井県）の天龍寺の長老である和尚は、以前から親しかったので訪ねる。そこへ金沢の北枝《ほくし》という者が、見送るつもりだったのが、ずっとついて慕い来た。ところどころに風景を詠みこんだ作意など話してくれて、ためになった。別れ際に一句。

物書《かき》て扇引《あふぎひき》さく名残《なごり》哉《かな》

秋になれば扇は無用である。芭蕉は扇に別れの句を書いて、引き裂き、北枝と辛い別れをする。

同日、五〇町ほど山に入り、永平寺に行き礼拝して道元をしのぶ。開祖道元は京都の一〇〇〇里以内の場所を避けて、山のなかに雲水の修行の場を作ったのは貴きゆえあることで素晴らしい。京都近辺に寺地を賜る話があったのを、お断りして、遠い山中に寺を建てた。それは修行中の僧侶が俗塵に堕するのを避けるためであった。それを「貴きゆゑ」と言ったのである。

やはり同日夕方、

福井は三里ばかりなれば、夕飯したためて出づるに、たそかれの道たどたどし（この文章、簡にして要を得る。日本語の美を教えられる）。ここに、等栽《とうさい》といふ古き隠士あり。いづれの年にか、江戸に来たりて、予を訪ぬ。はるか十《と》年《とせ》あまりなり。いかに老いさらぼひてあるにや、はた死にけるにや、と人に尋ねはべれば、いまだ存命して、「そこそこ」と教ゆ（そこそこというのが面白い）。市中ひそかに引き入りて、あやしの（風変わりな）小家《こいへ》に、夕顔・へちまの延《は》えかかりて、鶏頭・帚木《ははきぎ》に戸ぼそを隠す。さては、このうちにこそ、と門《かど》をたたけば、侘《わび》しげなる（こころぼそげな）女の出でて、「いづくよりわたりたまふ道心の御坊（修行中の坊さん）にや。あるじは、このあたり何某《なにがし》といふ者のかたに行きぬ。もし用あらば訪ねたまへ」と言ふ。かれが妻なるべしと知らる。昔物語にこそ、かかる風情ははべれと、やがて訪ね会ひて、その家に二夜《ふたよ》泊りて、名月は敦賀の港に、と旅立つ。等栽も共に送らんと、裾をかしうからげて、道の枝折《しをり》と浮かれ立つ。

右は何と素晴らしい文章であろう。そのまま現代の文章として読める。一風変わった人物が彷彿と描き出されている。

八月一四日、中秋名月の日に気比の明神(越前一の宮の神社)で昔遊行二世の上人(時宗の開祖の一遍上人の後をうけ遊行二世の法位を継いだ他阿上人)が神前に真砂をまいたという故事を思う。この件については、「第二部1月」月を追う芭蕉として、やや詳しく述べたので省略する。句のみ再録する。

月清し遊行《ゆぎやう》のもてる砂の上

八月一五日、敦賀の宿の亭主が言ったとおり、「越路の習いで、なお明夜の陰晴はわかりません」である。つまり、雨が降り、月を見ることが出来なかった。

名月や北国日和定《ほっこくびよりさだめ》なき

八月一六日、空が晴れたので、薄紅色の小貝、土地の人が「ますおの小貝《こがい》」と呼んでいるものを拾おうとして、種《いろ》の浜、すなわち敦賀の色の浜に向けて舟を走らせた。海上七里もある。天屋何某《てんやなにがし》という者、敦賀の回船問屋が破籠《わりご》・小竹筒《ささえ》などこまやかに用意させ、あまた舟にとり乗せて、追い風で、たちまち吹き着いた。浜は、わずかな海士《あま》の小家ばかりで、わびしい法華寺がある。ここにて茶を飲み、酒をあたためて、夕暮の寂しい景色に、心が引き入れられたことである。

さびしさやすまにかちたる浜の秋

この浜の寂しさは、『源氏物語』の須磨にも勝っているのではないか。いや、それほどでもないが、昔の寂しさを再現したような浜であったことよ。

波の間や小貝にまじる萩の塵《ちり》
波が寄せては返している。桜色の小貝に萩の花が浮いて美しい、それ故に無残な塵となっていて寂しさを倍加する。

路通（斎部路通《いんべろつう》。乞食放浪の弟子で、奥羽の旅に芭蕉と行くはずだったが姿を隠したので曾良が付き添うことになり、芭蕉の機嫌を損じたが、それが『ほそ道』の最後に姿を現した）もこの港まで出で迎ひて、美濃の国へと伴ふ。駒に助けられて（馬に乗って）大垣の庄に入れば、曾良も伊勢より来たり合ひ、越人《ゑつじん》（尾張蕉門の人、『更科紀行』に同行）も馬を飛ばせて、如行（大垣蕉門の中心的人物）が家に入り集まる。前川子《ぜんせんし》（大垣の蕉門）・荆口父子《けいこうふし》（大垣の蕉門）、そのほか親しき人々、日夜とぶらひて（日がな一日、来訪して）、蘇生の者に会ふがごとく、且つよろこび且ついたはる。
まったく芭蕉の門下はすばらしい。多彩な俳人がいて、師を仰ぎ観ているさま、生き生きと描かれている。

旅のものうさ（心身の疲労）もいまだやまざるに、長月《ながつき》六日になれば、伊勢の遷宮拝まんと、また舟に乗りて、

蛤《はまぐり》のふたみに別行《わかれゆく》秋ぞ

しかし、芭蕉はゆっくり休む暇なく、伊勢に向けて旅だつ。蛤の貝の部分と身の部分を、分けるようにして人々に別れて旅に向かう。その旺盛な旅ごころには驚嘆する。

こうして旅の最初、三月二七日の出発時の「矢立の初」が行く春や鳥啼魚の目は泪であったが、その旅立ちが、九月六日の蛤のふたみに別れ行く秋ぞで完結する。

最初にあったのが別離の寂しさであった。最後に訪れたのが再会の喜びであ

った。『おくのほそ道』はこの二つの気分の間にある。江戸の人々と別れ、最後に西国の人々と放浪の人、別れた人、曾良に再会する。文章と句が相俟って、日本語の美の極致となった。

6 俳文『幻住庵記《げんじゆうあんのき》』

元禄二年（一六八九年）三月二七日曾良を連れて江戸を立った『おくのほそ道』の旅は、八月二〇日ごろ大垣に到着、さらに九月六日伊勢の遷宮を拝もうとして舟に乗るところで終わっている。

九月一三日伊勢神宮に参拝し、下旬には伊賀上野に帰郷し、一一月奈良、京都、膳所《ぜぜ》義仲寺の草庵で年を越える。この時、膳所の友人曲水《きよくすい》より幻住庵に泊まる事を勧められる。元禄三年四月六日に幻住庵に入り七月二三日まで寝泊まりする。この間に俳文の鑑とみなされた『幻住庵記』が書かれた。これからこの芭蕉晩年の俳文を読み、鑑賞してみたい。
まず全文を①②③④⑤の文節に分けて、各々につき私の現代語訳を試みる。
つぎに文節ごとに私の鑑賞を記《しる》す。

①石山の奥、岩間のうしろに山あり、国分《こくぶ》山《やま》といふ。そのかみ国分寺の名を伝ふなるべし。ふもとに細き流れを渡りて、翠微《すいび》に登ること三曲《さんきよく》二百歩にして、八幡宮たたせたまふ。神体は弥陀《みだ》の尊像とかや。唯一の家には甚だ忌むなることを、両部光をやはらげ、利益《りやく》の塵を同じうしたまふも、また貴し。日ごろは人の詣でざりければ、いとど神さび、もの静かなるかたはらに、住み捨てし草の戸あり。蓬《よもぎ》・根笹《ねざさ》軒をかこみ、屋根もり壁おちて、狐狸《こり》ふしどを得たり。幻住庵といふ。あるじの僧なにがしは、勇士菅沼氏曲水子《きよくすいし》の伯父になんはべりしを、今は八年《やとせ》ばかり昔になりて、まさに幻住老人の名をのみ残せり。

石山寺のある石山の奥、岩間寺のうしろに国分山《こくぶやま》という山がある。むかしは国分寺と呼ばれたらしい。山の麓の小川を渡り、ものさびた道を三つ曲がり二〇〇歩登ると、そこに八幡宮が建っておられた。御神体は阿弥陀如来だという、これまったく本地垂迹説《ほんじすいじやくせつ》による仏の阿弥陀如来が神の八幡宮になっている、つまりご利益倍増で有難いことだ。詣でる人も絶えて、神さび物しずかな片すみに廃屋がある。戸には草が茂り、よもぎ、ねざさが軒にさがり、屋根はやぶれて壁くずれ、狐狸の寝床になっている。幻住庵という。住んでいた坊さんは膳所藩の菅沼氏で俳号を曲水という方の伯父であるが、それも八年前のこと、今は幻住老人の名を残すのみである。

②予また市中を去ること十年《とせ》ばかりにして、五十年《いそぢ》やや近き身は、蓑虫《みのむし》の蓑を失ひ、蝸牛《かたつぶり》家を離れて、奥羽象潟《きさがた》の暑き日に面《おもて》をこがし、高砂子《たかすなご》歩み苦しき北海の荒磯にきびすを破りて、今歳《ことし》湖水の波にただよふ。鳰《にほ》の浮巣の

流れとどまるべき蘆《あし》の一本《ひともと》のかげたのもしく、軒端《のきば》ふきあらため、垣根ゆひそへなどして、卯月《うづき》の初めいとかりそめに入りし山の、やがて出でじとさへ思ひそみぬ。

私もまた江戸の市中を去って町外れに住み、一〇年を経て五〇に近い老いの身、蓑虫が蓑を失うように庵を人手にわたし、蝸牛の歩みでおくのほそ道をたどり、名所象潟《きさがた》の暑い太陽に顔をこがし、砂丘の歩みに難儀し、北海の荒磯でかかとを痛め、この歳になって琵琶湖の波に漂う心地である。ふと見れば湖の浮巣流出を蘆の一本が止めるように、庵は軒端を葺《ふ》きあらため、垣根を結び合わせなどしている。四月のはじめ、かりそめの宿ではあるが、ここに住もうかとも思った。

②では、延宝八年（一六八〇年）すなわち一〇年前に芭蕉が日本橋小田原町を出て江東深川村の草庵に移った時から現在までの行動が回顧されている。そ

の文章が簡潔で動きに富むものである。蓑虫《みのむし》の蓑をウシナウ、住んでいた家をハナレル、海岸の暑い日に面をコガス、荒磯にかかとをヤブル、湖水の波にタダヨウ、という動詞づくしの文章で一〇年の年月の旅を回顧している。そして現在の時制で幻住庵で文章を書く芭蕉の姿が読者にははっきりと見えるように文章を閉じている。

③さすがに春の名残も遠からず、つつじ咲き残り、山藤《やまふぢ》松にかかりて、時鳥《ほととぎす》しばしば過ぐるほど、宿《やど》かし鳥のたよりさへあるを、木啄《きつつき》のつつくともいとはじなど、そぞろに興じて、魂《たましひ》呉・楚東南に走り、身は瀟湘《せうしやう》・洞庭《とうてい》に立つ。山は未申《ひつじさる》にそばだち、人家よきほどに隔たり、南薫《なんくん》峰よりおろし、北風湖《うみ》を浸して涼し。比叡《ひえ》の山、比良《ひら》の高根より、辛崎《からさき》の松は霞《かすみ》こめて、城あり、橋あり、釣たるる舟あり、笠取《かさとり》に通《かよ》ふ木樵《きこり》の声、ふもとの小田《をだ》に早苗とる歌、蛍飛びかふ夕闇の空に水鶏《くひな》のたたく音、美景物《もの》として足らずといふ

ことなし。中にも三上山《みかみやま》は士峰の俤《おもかげ》に通ひて、武蔵野の古き住みかも思ひ出でられ、田上山《たなかみやま》に古人をかぞふ。ささほが嶽《たけ》・千丈が峰・袴腰《はかまごし》といふ山あり。黒津の里はいと黒う茂りて、「網代守《あじろも》るにぞ」と詠みけん『万葉集』の姿なりけり。なほ眺望くまなからむと、うしろの峰に這ひ登り、松の棚作り、藁の円座を敷きて、猿の腰掛と名付く。かの海棠《かいだう》に巣を営び、主簿峰《しゆぼほう》に庵を結べる王翁《わうをう》・徐佺《じよせん》が徒にはあらず。ただ睡癖《すいへき》山民と成つて、孱顔《さんがん》に足を投げ出だし、空山に虱をひねつて坐す。

やはり春の名残はそこここに見えて、ツツジ咲きのこり、ヤマフジ松に垂れ下がり、ホトトギスしげく飛び、ヤドカシドリのさえずりも聞こえて、キツツキの庵を突くのも平気だと、むやみに興がわき、魂は杜甫の言うように「呉・楚の東南に」走り、わが身は瀟湘の洞庭湖のほとりに立っているようだ。山は西南にそばだち、民家はほどよく遠くにあり、南風が峰よりかおり、北風は湖に滴り落ちて涼しい。比叡山、比良の高根、近江八景の辛崎の松は霞み、城、橋、釣り舟、笠取山の木こりの声、ふもとの小田の早苗歌、ホタル飛び交う夕暮れの空にクイナの叩く音、美景ゆたかで心を打つ。

山々のなかでも、三上山は近江富士とも言われるほどで、本所深川の古い住み家を思い出させ、田上山には古歌人の由緒ある所も多い。東のささほが岳、西南の千丈が峰、南の袴腰という山。黒津の里は森が黒々と茂り、「網代守るにぞ」と詠んだ『万葉集』の歌を思い出す。なお隅々まで見渡そうと後ろの峰にのぼり、松の枝に棚を作り、藁の円座を敷いて猿の腰掛と名付けた。黄山谷《こうざんこく》の詩『潜峰閣に題す』に出てくる海棠に隠れ家を作り、主簿峰に庵をいとなんだ、王翁と徐佺のように洒落たものではなく、ただ眠り癖のある山民となり、高い山に向けて足を投げ出し、人気ない山で虱とりをするだけだ。

③には春の名残として花、鳥、中国の景色にも負けない名所の遠景が見える。すなわち、ツツジ、ヤマフジの花、ホトトギス、ヤドカシドリ、キツツキ

の出す囀りと音、山々の遠景、さらには名詞のもたらす美景として、城、橋、釣り舟、また音として木こりの声、早苗歌。言ってみれば名詞づくしの文章が展開する。

④たまたま心まめなる時は、谷の清水を汲みてみづから炊《かし》ぐ。とくとくの雫《しづく》を侘びて一炉の備へいとかろし。はた、昔住《す》みけん人の、ことに心高く住みなしはべりて、たくみ置ける物ずきもなし。持仏一間《ひとま》を隔てて、夜の物納むべき所など、いささかしつらへり。

さるを、筑紫《つくし》高良山《かうらさん》の僧正は、賀茂の甲斐なにがしが厳子《げんし》にて、このたび洛に上りいまそかりけるを、ある人をして額を乞ふ。いとやすやすと筆を染めて、「幻住庵」の三字を送らる。やがて草庵の記念《かたみ》となしぬ。すべて、山居といひ、旅寝といひ、さる器《うつはもの》たくはふべくもなし。木曾の檜笠、越の菅蓑ばかり、枕の上の柱にかけたり。昼はまれまれ訪《とぶら》ふ人々に心を動かし、或《ある》は宮守の翁《おきな》、里の男《をのこ》ども入り来たりて、「猪の稲食ひ荒し、兎の豆畑《まめばた》に通ふ」など、わが聞き知らぬ農談、日すでに山の端《は》にかかれば、夜座《やざ》静かに、月を待ちては影を伴ひ、燈火《ともしび》を取りては罔両《まうりやう》（薄い影）に是非をこらす。たまに心が積極的になり、谷の清水を汲んで自炊をする。西行庵の「とくとくの清水」を真似て、こぼれ落ちる雫を払いつつ見つめると、火は簡素な炉で軽やかに燃えている。また、昔ここに住んでいた幻住老人が、心高く住んで手のこむ造作もつくらずにいたことが懐かしい。持仏を安置する一間があるのみで、必要な夜具置き場だけを備えていただけである。

ところで筑紫高良山の僧正は、賀茂の甲斐なんとかいう御子息で、京都に上られる途次ある人が額に書を願った。僧正、気軽に筆をとり「幻住庵」の三字を送った。それが草庵の記念になった。そもそも、山の住まいであり、旅寝であり、れいれいしい食器は不必要である。木曾の檜笠、越路の菅蓑だけを枕の上の柱にかけた。昼は稀に来る人々に興味を持ち、宮守りの老人、里の男どもに「猪が稲を食い荒し、兎が豆畑に通ってくる」など、聞き知らない農談、日が山の端にかかれば、夜の座は静かになり、月が登れば自分の影となり、燈火を点しては薄影と話す。

⑤かく言へばとて、ひたぶるに閑寂を好み、山野に跡を隠さむとにはあらず。やや病身、人に倦《う》んで、世をいとひし人に似たり。つらつら年月の移り来し拙《つたな》き身の科《とが》を思ふに、ある時は仕官懸命の地をうらやみ、一たびは仏籬《ぶつり》祖室の扉《とぼそ》に入らむとせしも、たどりなき風雲に身をせめ、花鳥に情を労じて、しばらく生涯のはかりごととさへなれば、つひに無能無才にしてこの一筋につながる。「楽天は五臓の神《しん》を破り、老杜は痩せたり。賢愚文質の等しからざるも、いづれか幻《まぼろし》の住みかならずや」と、思ひ捨てて臥しぬ。

先《ま》づたのむ椎の木も有《あり》夏木立《こだち》

こう言っても、ひたすらに閑寂を好み、現世を去って山野に隠棲するというのではない。軽い病身が、人を避けて、世間を嫌うのに似ている。つくづくと昔からのおろかな自分のつまらぬ身の失策を思うのだが、ある時は仕官して身を立てる人をうらやみ、一度は仏教に帰依して禅門に入ろうと思ったり、行先もさだまらない風雲の旅に出たり、花鳥を苦心して詠み、そうしている間に一生のいとなみとなってしまい、ついに無能で無才ながら俳諧一筋の人間になってしまった。「白楽天は五臓を病み、老いた杜甫は痩せほそり、二人は賢文であったのに私は愚質であったが、ともにまぼろしの世界に住む者として精進しようと」決意したのである。

先《まづ》たのむ椎の木も有夏木立

この幻住庵を頼みとして身を寄せよう。椎の大木もあり、夏木立も涼し気である。

④は山中の独り暮らしを描写した文章、⑤は若き日仕官して武士として暮ら

す望みを抱いたこと、仏門に入ろうと迷ったことを思い出し、自分にできたことは、「無能無才にして」この一筋、つまり俳諧師であったと結んでいる。

7　旅と病と終焉

『おくのほそ道』の旅は、元禄二年（一六八九年）の三月から九月、四六歳のときに行われたのだが、その旅日記を完成させるための慎重な推敲は芭蕉の元禄七年（一六九四年）一〇月一二日、五一歳の終焉まで行われ、世に発表されたのは没後のことである。つまり晩年の「かるみ」の主張と時期が重なっている。そこで過去の旅を見詰める重厚な俳諧と現在の主張である「かるみ」の作とが重なっている。こういう一見矛盾した手法を、芭蕉は同時に見事に仕分けた。

芭蕉晩年、健康が害されたのは、元禄六年（一六九三年）七月中旬から八月中旬にかけてである。急に体力が衰え、持病に冒されて、ひと月のあいだ、庵を閉じて人に面会するのを避けていたと記録にあるが、さてこの持病とは何かは不明である。

翌元禄七年（一六九四年）、つまり没年の五月一一日、庵を出て、故郷の伊賀に向けて江戸を発った。その後、二度と江戸に戻ることはなかった。このときの留別吟《るべつぎん》から始めて、最期の句とされている「旅に病んで」までを追って行こうと思う。もっとも芭蕉最後の年には、秀句、名句が目白押しで、この本で、取りあげて解説し、鑑賞してきた作品も多く、その場合は、句のみ記すか、簡単な注記のみとする。この試みで知ってほしいのは、ふと別れた人と二度と会えない状況になりながら、生きた世界から死の世界に滑りこんでいく不思議な俳句の表現の一列を味わうことである。

麦の穂を便《たより》につかむ別《わかれ》かな（元禄七年五月一一日）

留別吟である。見送る人々との離別の情を、思わず一摑みつかんだ麦の穂の頼りない助けと永遠の別れとに引き裂かれる心を詠んでいる。これが人生最後の離別であるという予感がひしひしと迫ってくるようだ。

目にかゝる時やことさら五月富士（五月一三日ごろ）

箱根足柄峠を越えていると、さみだれの雨にもかかわらず、梅雨の晴れ間に秀麗な富士が見えて歓喜した。富士がよく見えるはずの峠に来て、ああ駄目だとあきらめかけたときに、雲が切れて富士がすっきりと見えて、大喜びで詠んだ一句である。

涼しさを飛騨の工《たくみ》が指図《さしづ》かな（五月二一日）

名古屋の蕉門の人が隠居所を建てていた。大工の仕事ぶりを見て詠んだ挨拶吟。隠居所の設計図は、有名な飛騨の匠が造ったように涼しげに出来ていますな、『徒然草』にあるように家を造るには夏のすずしさを旨としなくてはなりませんなと、褒めている。

秋ちかき心の寄や四畳半《よる》（六月二一日）

四畳半にあつまった蕉門の人々への嘱目句。秋が近い、つまり夏ではあるが秋の冷たい気配がある。そこで狭い四畳半に人々が身を寄せ合っている。なんだか心温まる様子であるわい。秋近きが秀逸な出だしである。門人たちへの心がふっくらと温かい。

蓮のかを目にかよはすや面《めん》の鼻（六月中下旬ごろ）

能楽師との芸談で、能面をつけて下を見るとそれは鼻の孔から見えるという。そこで庭の蓮華の香りを面の鼻の孔から嗅いでいると想像する面白さ。能面の鼻と蓮の花の香りとを連絡させた趣向の妙である。

道ほそし相撲とり草《ぐさ》の花の露（七月上旬ごろ）

久しぶりに膳所の義仲寺の草庵に帰ってみると、雑草のなかに細い道が通じていて、スモウトリグサが咲いていていて、花が露に濡れている。いかにも自分が来たのを歓迎して泣いているようだ。かの陶淵明の『帰去来辞《ききょらいのじ》』の「三径就荒松菊猶存」（三本の小道は荒れているけれども 松と菊はまだ残っていた）という故郷に帰ってくると、荒地になっていたが松と菊とは残っていて嬉しいことだと詠んだ詩人を芭蕉が連想したのかも知れない。

家はみな杖にしら髪《が》の墓参《はかまゐり》（七月一五日）

兄の招きで伊賀の里に帰り、親戚一同が墓参りするが、参ずる人々は皆老人であると気づき、人生無常を実感した。

いなづまや闇の方行《かたゆく》五位の声（文月のころ）

闇夜に稲妻が光るなかを五位《ごい》鷺《さぎ》が鳴きながら飛ぶという薄気味悪い状況を詠んでいる。命を飲み込むような厚い闇と、突き刺すような鋭いいなずまと、悲鳴さながらの鳴き声とが合体して、陰暦七月の雷鳴轟く暗夜の恐怖を描き出している。鬼気迫る作品である。

名月に麓《ふもと》の霧や田のくもり（八月一五日）

故郷の里にて弟子たちとともに月見の宴を張っていると、伊賀盆地には霧が満ちているという、単刀直入な句である。なんのてらいもないかるみの作品だが、芭蕉には最後の名月であったと知ると、しみじみと思いは深い。くもりの三字が涙のくもりとも読めてくる。

びいと啼尻声《なくしりごゑ》悲し夜ルの鹿（九月八日）

奈良に泊まった夜、猿沢の池のほとりを散策していると、鹿の鳴き声が聞こえてきた。口からではなく尻からの声なのだ。びいという擬声語が悲しみを先行させ、漢字の夜とカタカナの「ル」の合成語が、真っ黒な夜の景色を四方に放出している。

菊の香やならには古き仏達《ほとけたち》（九月九日）

奈良の街は菊の香りに充ちていた。それとゆかしい仏たちが、古都と見事に調和している。

菊は死者に捧げる花であり、古都の奈良に古くから住むホトケが花を受けとっている。

升買《ますかう》て分別かはる月見かな（九月一四日）

大坂の住吉神社の大祭では、九月一三日に新米を供える。神社に立つ市で升を買い、日頃の用に用いると富を得るという。芭蕉はその祭りに出掛けて升を買うと、昼ごろより雨が降って十三夜の栗名月も見られないだろうと思い、句会を欠席することにして宿に帰ってしまった。それまでの数日、日暮れ時に熱が出て、病んでいたので、それを気遣ってのこともあった。しかし、翌日は気分がよくなり、句会にも出掛けていた。そこで芭蕉は、富みになる升を買ったら分別変わって、皆様の句会を欠席して失礼したと、冗談のように謝ったのが、この俳諧である。

このころ、九月一〇日から二〇日ごろまでは、夕方に発熱があり、悪寒、頭痛に悩んでいたと伝えられている。体力も衰えてきた。

秋もはやばらつく雨に月の形《なり》（九月一九日）

晩秋に近くなり、ばらばらと降る雨も冬の時雨に似てきた。月も痩せてきて力のない景色のところに、病気の苦しみが加わり、自分の寿命の終末を予感したようでもある。この句にはいろいろ手を入れて苦吟になったとも伝えられている。

此道《このみち》や行人《ゆくひと》なしに秋の暮（九月二五日ごろ）

多くの門人たちに取り囲まれていながら、孤高の道を歩いている芭蕉の寂しさが、ひしひしと迫ってくる句である。死にいくはおのれ一人のみ。

松風や軒をめぐつて秋暮《くれ》ぬ（九月二六日）

宿の主人に頼まれて作ったかるみの句だが、附近一帯に茂る松を吹く風に、今年の秋も暮れるという詠歎が、悲嘆として伝わってくる。

此秋《このあき》は何で年よる雲に鳥（九月二六日）

旅先で病に倒れた自分を嘆く作品である。遠くの雲に入る鳥をおのれの孤独な影に見立てている。

秋深き隣は何をする人ぞ（九月二八日）

秋の静寂のさなかで、引きこもっていると、隣の人も、ひっそりと暮らしている。どういう人だか知らないが、おたがいに秋の寂しさを生きている様子は似ている。人間はひとりひとり、結局は孤独なままで、この世を去っていくのだという詠歎が、人の命の最後の思いなのだ。

旅に病《やん》で夢は枯野をかけ廻《めぐ》る（一〇月八日深更の口述筆記）

旅のさなか、病に倒れた俳人の見る夢は、あちらこちらの枯野を駆け巡る夢だ。最期に口述された作品だが、死を前の辞世の句ではない。おのれが、この世界に言い残すことがあるという姿勢ではなく、旅に病むおのれの体験を描写しているだけなので、かえって真に迫る強い表現となっている。

一〇月一〇日、死期を予感した芭蕉は、郷里の兄松尾半左衛門に遺書を認め、これとは別に三通の遺書を弟子の支考《しこう》に口述筆記させた。一〇月一二日、申の刻（午後四時）死去。

病状が悪化したのは九月二九日ごろからで、一〇月五日には、大坂新清水の料亭にあった病床が南御堂前の花屋仁右衛門の貸座敷に移され、危篤の報が湖南、伊勢、尾張などの門人に伝えられた。

一二日死去の夜、遺言により遺骸は淀川の舟により膳所の義仲寺に向けて発ち、翌日寺に到着。一〇月一四日夜半義仲寺境内に埋葬。門人焼香者八〇人、一般の会葬者三百余人。

8　芭蕉と荘子

最後に、随時、あちらこちらで述べてきた芭蕉と荘子の思想的、文学的関係を、まとめて示しておく。

事は寛文一二年（一六七二年）春、江戸に下った二九歳の芭蕉は、貞門風の俳諧から談林風に転向する。またたく間に宗匠として名をあげ、俳号を桃青とあらためた彼は談林派の俳諧師として有名になっていくが、心中は満たされず、延宝八年（一六八〇年）三七歳の冬、日本橋小田原町から江東の深川村の草庵に移り、作風は一変して談林風から脱却し、寂びた枯淡なものとなった。この大転換には荘子の影響が大きいと大方に認められている。

名声も富もほんの少しあればいいので、二つながら追い求めると、人間はかえって不幸になる。

『荘子』を愛読していた芭蕉は、こういう思想に忠実に、弟子はとらず、隅田川のほとりの芭蕉庵に独りこもって貧乏暮らしをした。すると、本当に芭蕉の俳句を尊敬している同志の人々が訪ねてきて、米、味噌、酒を届けてくれるようになった。欲張らず、謙虚で、一心に俳諧の道に励んだ芭蕉を人々は尊敬して、蕉風という新しい俳諧の世界をひらいたのである。旅に出ても金なしで歩いていると、芭蕉様が来たと地方の俳人たちが集まり、歓待してくれた。こういう弟子たちと一緒に俳句を作った記録が今でも残っている。

『荘子』を俳句にとり入れた句には秀句が多い。それらの句を私は「第一部6　荘子と兼好」で鑑賞してきた。ここでちょっと振り返ってみよう。

まずは『荘子』の「千里に旅立ちて、路糧《みちかて》を包まず」という意気込みで開始された『野ざらし紀行』の第一句である。

野ざらしを心に風のしむ身哉《みかな》

「野ざらし」は野外で風雨にさらすことであるが、そのあげくにされこうべになること、「髑髏」をもさしている。

『野ざらし紀行』の冒頭の文章は、死という絶対自由な境地をめざして旅に出るという覚悟の宣言でもある。「風のしむ」が体の奥の骨の部分に沁み渡るという強い表現である。

世に丶ほへ梅花一枝《ばいくわいっし》のみそさゞい

『荘子』の「逍遥遊篇」にある話、ミソサザイは深林に巣を作るが、その大きさは一枝にすぎないとある。また梅花は「江南一枝の春」をもたらす。この両者を合わせた句である。ともに万物斉同の哲理を示している。

「万物斉同」の他にも、「無用の用」、「浮雲無住」、「百骸九竅」、野ざらしなどの『荘子』用語が用いられている。それらの用語は、延宝八年（一六八〇年）の深川移住に始まり、貞享元年（一六八四年）の『野ざらし紀行』、貞享四年（一六八七年）の旅を記した『笈の小文』で極まっていく。

蓑虫《みのむし》の音《ね》を聞《きき》に来《こ》よ艸《くさ》の庵《いほ》

庵の秋風吹く庭にたって蓑虫の鳴き声に耳を澄ましている芭蕉の姿を想像してほしい。何も聞こえないが、ミノムシが自得自足の生活をしていることに感心はする。そこで、友人を二人誘って、ミノムシの鳴き声を聞くことにするが、芭蕉の心を知らない一人は退屈して帰ってしまったというのだ。ところでミノムシはまた、無用の用でもある。

君やてふ我や荘子が夢心

という句など、荘子への尊敬の念がはっきりと出ている秀句である。君が蝶であるのか、このわたしが蝶を夢見ている荘子なのか区別がつかぬほど、わたしは荘子に熱中している。荘子が夢で蝶になるのは有名な話で、当時の俳人たちの常識であった。また、人生を蟬にたとえた句も荘子の思想を詠みこんでいる。

頓《やが》て死ぬけしきは見えず蟬の声

無常迅速の句である。人生の栄華が短くて、死が近いのに人々が陽気にさわいでいる様を蟬にたとえた。夏、やかましく鳴きしきる蟬も、その命は短いのに、その死を知らぬげに陽気に唄っているではないかと芭蕉は荘子にささげる気持ちで句を作っている。

さて、これらの句に関連がある『荘子』の説話を紹介しよう。

無足という男が友人の知和に言った。「人々は名声を追いかけて、利益を得ようとするものだ。ある人が金持ちになったとすると、みんなへりくだって尊敬する。ところが、あんたはそういう世間知がないらしく、智慧が足りないのだな」

知和は答えた。「その名声を追いかけて利益を得ようとする人々は、金持ちを自分の同郷の人と考えたり、並外れた能力の人物だと考えたりする。だから時代の変化やごく一時的な是非の区別をするだけで、本当の洞察はできない。そういう馬鹿者どもに、尊敬されたからと言って、長生きをして心豊かに生きることができるわけがない。苦痛な病気と安らぎの健康を自分の体でたしかめることもせず、おそろしい恐怖と天にも昇る喜びとを区別することもできない。だから、馬鹿者どもにちやほやされたところで、なに一つ自分の得になることもない。こういう名声と金持ちは、天子になってうやまわれても、金持ちだとほめられても、災いから逃れることはできない。なんとつまらない人であることか」

無足はなおも言った。「富は人にいろいろな利益を与えてくれる。良い物を手に入れ、権勢をほしいままにすることも出来る。他人の勇気を自分の威力にし、他人の知謀を自分の智慧にし、他人の徳を自分の徳として、国王のように振る舞うこともできる。だから誰でも金持ちになりたがるのだ」

知和は答えた。「智慧者の振る舞いは自分のためではなく、民衆のことを思ってなされているものだ。だから人と争わないでいる。他人を害することもなく平和に暮らせるのだ。自分の利益よりも他を大切にするから他人ともなごやかに暮らせるのだ。ところが金持ちになるのを目的にすれば、かならず人と争い平和は乱れ、ついには自分を追い詰めてしまう。つまらぬ人生ではないか」

無足が言った。「自分の名声を守ろうとして暮らさないと、貧乏暮らしをしなければならんぞ。苦労していてうまいものも食べられぬぞ。それは長患いの人生と同じではないか」

知和は答えた。「余分なものはいらないのだ。金持ちを見ると財物は沢山あるのに、それを大事に持っているだけで、それが必要な貧乏人を助けようとしない。人生の幸福は金持ちではなく、煩わしくない平和な生活だ。金持ちになると、音曲に囲まれて、自分は楽な仕事をして、体を太らせている。家にいては強盗を恐れ、外にでると盗賊に襲われると心配が絶えない。ついには体がぶくぶくと太って苦しむことになる。心を乱し、体を駄目にして、どこに幸福があろうか」（盗跖篇）

要するに、金持ちは、儲けた金を盗賊に奪われはしないかという心配ばかり、さらに余計な心配と不必要な病気で苦しむばかりだ。老子のいう「足るを知る」程度の生活こそ人間に幸福をもたらすというのが、荘子の理想とする境地である。

さらに『荘子』の名言をふたつ紹介しよう。それは、道を知る人の心得と、道を知る人は議論をしないという二つを、もっとも大切な心得としているということである。

荘子曰く、道を知るは易《やす》く、言う勿《な》きは難《かた》し。知りて言わざるは、天に之《ゆ》く所以《ゆえん》なり。知りてこれを言うは、人に之く所以なり。古《いにし》えの人は、天にして人ならず。（列御寇篇《れつぎょこうへん》）

この短い読みくだしにこそ、荘子の言いたいことが沢山言われている。それを要約すれば真実を知ることは、真率な努力をする人にとってはやさしいことで、誰でもよく真理を、つまり道を探究する人はそこに到達できる。しかし、真理らしき結果を人々に伝えようとして話すことは、世俗の人々の喝采を得ようとする俗な世界に足を踏み入れることで、勧められない。道を知った人は、自然や天や神に合一すればいいので、その結果を人々に褒められていい気になることなど、つまらぬことだ。それはせっかく知り得た道の世界を、金持ちや名誉によっておとしめることになる。そして、この世俗の名誉こそ道の正反対の出来事なのだ。

もうひとつの『荘子』の名言もここにあげておこう。これも読みくだしの簡単な言葉のほうが力強く心に染みてくるので、まずは、それを示す。

聖人は必《ひっ》を以て必とせず、故に兵なし。衆人は必ならざるを以てこれを必とす、故に兵多し。兵に順《したが》う、故に行きて求むるあり。兵はこれを恃《たの》めば則《すなわ》ち亡

ぶ。（列御寇篇）

聖人は自分が探究して知った必然的なことがらでも、それを必然にはしない。道は、自然は、天は、絶えず変化していくので必然という具合にある一方向に向かっていくのではない。道は絶えず転回できる不思議な奥深さを持っている。必然だと言って頑張っていると、かならず反対の意見の者があらわれ、あげくの果てには戦争になってしまう。ところで聖人と逆に、衆人は、たえず必然をもとめて、それを手にいれたら多くの人々に見せてやろうとして、反対者と戦う。いちど戦いがおこると、ますます戦いに勝つという欲がでてくる。しまいには、道などどうでもよく戦いに勝てばいいと思い詰めて、兵をくりだしていく。一度兵をくりだしたら、勝敗はつかず、戦いは長引き、兵は疲れて殺され、必然を手にいれたと、喜び語っていた者は亡んでしまうのだ。

さらに、荘子は世俗の交際も、度がすぎると煩わしくなると、強く主張している。いわゆる世俗の交際というのは、贈り物をしたり、手紙を出したりして煩わしい。俗事にとらわれて精神を駄目にしながら、真実の道と世俗のつきあいを、同時にやろうとしている。しかし、道をきわめるというのは、そのように両天秤をかけていては知ることのできないほど、奥深い神秘なのだ。荘子は、つぎのように言っている。

最高の境地に達した人というのは、その精神を道の究極の始めに向けている。だから、何物も存在しないところで安らかに眠り、海のように形のない世界で海流のように動いていき、澄みきった自然の根源で活動するのだ。しかし、悲しいことに、世俗の智慧に流される者は、毛さきほどのちっぽけなことを知るだけで、悠々とした安らぎの世界を知らないのだ。(列御寇篇)

道を知る者は知識として、宇宙や自然の巨大さを知るだけでなく、仙人のように浮世を捨てて、貧乏暮らしをし、俗人とはなるべく付き合わないという、孤独な生活を理想としている人である。私の想像するのは『荘子』の描いてくれた仙人のような人であるが、より映像として迫ってくるのは芭蕉の生活である。俳諧の巨匠としての彼の生活は質素でぼろ屋のような芭蕉庵に住み、ときどき文無しで旅に出ては、自然や農民の生活や動物や山野や海やと、俳句の元になるこの世界を、句の高みに示すことであった。彼は名誉や富貴をもとめず、まったくの貧乏暮らしで、ただただ、俳諧の道を進んでいき、それで満足していた。そして芭蕉は繰り返し『荘子』を読んで、句を鍛えたのであった。同時の俳諧宗匠のような金持ちの弟子を大勢かかえて金を儲け、有名になって名誉を示すということを一切しなかった。同時代に有名であった宗匠たちが滅びたのに芭蕉は永遠の俳人として生きている。

けれども、ここで私はちょっと立ち止まり。芭蕉と荘子の関係について論述してきながら気になったことを考えてみたい。芭蕉は荘子の思想から大きな影響を受けた。なるほど、芭蕉は、日本では偉大なる中国人の思想家の影響を受けた恵まれた日本人であると言える。しかしそれだけだろうかという疑いが私の心に生まれてきたのである。芭蕉の俳句や文章の研究書を読んできて、芭蕉がいかに深く『荘子』を読みこみ、自分の生活から人事から、句作から文章について影響を受けたことは間違いない事実だとは思う。その事実を確かめるために大方の研究書を私は読んで、なるほどと納得したのだが、大方の「解説」が影響の事実を確かめると、それで安心してしまい、芭蕉の独創や作品の美についての探究をやめてしまうのが不満だったのだ。

芭蕉は荘子の哲学の影響を受けた、しかし、生活の方途や宇宙観や自然観において影響を受けながら、こと芭蕉が創出した俳句と紀行の領域では、彼の独創をしっかりと守ったと思う。

荘子の哲学は説話によって表現されている。その散文の世界は、世の中の常識をひっくり返して面白いが、美の観点から言うと、まだるっこく冗長であるとも言える。『荘子』は言葉の美の観点からは、芭蕉によって糾弾されるべき存在である。はっきり言って、『荘子』には簡潔な文章を目指し、そういう文章の美を創出することに人生を賭ける気概が欠けていた。

ところが芭蕉は、俳諧の美の世界を生涯の到達領域と見定めていた。虚実を含めた美の領域が彼にとっては生涯の到達点であり、それを達成できたならば死も望むところだという気概が彼にはあった。それが『荘子』の無常迅速、百骸九竅、行倒れの髑髏に出会って、芭蕉を奮い立たせたのである。

荘子の考えが目指した髑髏の世界が、芭蕉にあっては、美の世界になり、風雅の誠となった。

これを言い換えると、荘子の哲学に動かされて髑髏の世界を理想として導かれた芭蕉は、哲学を美学に延長して、俳句、俳諧による美の世界を作り上げたことになる。『荘子』という古典が元禄の俳諧の礎《いしずえ》になったと言い換えてもよい。

ところで芭蕉を魅了した古典の世界は『荘子』だけではない。「西行の和歌における、宗祇の連歌における、雪舟の絵における、利休が茶における」(『笈の小文』)という具合に虚の世界が実の世界に接触したことから美の世界が現出したという。芭蕉は「言語は、虚に居て実をおこなふべし。実に居て、虚にあそぶ事はかたし」(『風俗文選』)ともいう。

虚実は、不易流行という言葉で深化された。こういう美の世界の議論になると、芭蕉は荘子を乗り越えて新しい世界に入って行ったのだ。言ってみれば、芭蕉は中国の偉人、荘子の教えを受けながら、日本の文学、俳句の世界で師の世界を美しく完成させたのだ。

あとがき

芭蕉について書かれた本は数多い。私は東京の本郷に住んでいるので、神田神保町の古書店街を散歩していて、芭蕉について書かれた書物を見る機会が多い。そして俳句俳人の本のなかで芭蕉論は抜きんでておびただしい。それに次ぐ俳人が蕪村と一茶だが、二人を合わせても、なお芭蕉の方が多い。大変な数である。どれをどうして読んだらいいのか戸惑うばかりであったが、まずは全発句、全句、句集とあるのを買い求め、年代順に読みだした。こういう読書だと、詳しく、丁寧なのが参考になると思って井本農一・堀信夫注解『松尾芭蕉集①全発句』に行き着いた。とくにまえがきで書いたように、この本が芭蕉の推敲の跡を検索しているところに魅かれた。

私は電車・旅・入院のときに文庫本をポケットに携えるのが常だったが、堀信夫の『袖珍版　芭蕉全句』がそれに代わった。なぜ芭蕉なのか。それまで小説を読むのを楽しみとしていた私がなぜ芭蕉読みに夢中になったのか。この問いには確固とした答えが私にはない。

芭蕉全句の読書で明け暮れしているとき、私は尾形仂《つとむ》編の『芭蕉必携』に出会った。「必携」という自信に満ちた名前に魅かれて読み進むうち、芭蕉を読むとは国文学研究の成果を知ることだと教えられていったのだ。いろいろな研究がなされていた。季語《きご》、切字《きれじ》、等類《とうるい》、歌枕、漢詩文の典拠、こういう「専門語」を知らないと、研究が進まないと教えられた。以来、芭蕉を読むときには、この『必携』をいつも座右に置くようになった。

季語とは四季のうちの季節を詠み込む語を示す。芭蕉の俳句は総勢九七六句である。そのうち無季なのは六句に過ぎず、うち三句は月と花を同時に詠っている。

切字は俳句を一句として完結させるために言いきる修辞である。『おくのほそ道』において芭蕉はさかんに切字を使って切りのいい句になっていたのに曾良はほとんど使っておらず、そのために勢いのない句に落ちたのを私は味わった。この事実を明確に教えてくれたのは長谷川櫂『「奥の細道」をよむ』筑摩書房である。

等類とは、俳句の素材趣向が他のものと同じになっていることである。もし他の句と同じ等類あるときは自分の句を変えて他人の句を許すべしと。

寂びとは人間や自然を哀憐を持って眺める心から流露したものがおのずから句にあらわれたもの。

かるみとは芭蕉晩年の風潮である。不易流行とかるみを重んじる研究書が最近は多い。

研究である以上は、なるべく多くの研究成果を教えてくれる本がいい。そこで行き着いたのが読んだ俳句の新しい感想を繰り返し記録しておくことであった。

そしてある日、自分の読んだ芭蕉を本にしてみようかしらという不遜な気持ちが起きてきたのだった。私は芭蕉を読むのが楽しみになったので、ただそれだけなので、私のような小説家の感想文など目に触れても仕方がないとは思ったが、反面、私が芭蕉から教えられた、美しい日本語の世界に遊ぶ楽しみを誰かに分けてあげたいとも願う気になったのだ。

そう、芭蕉の俳句と俳文は美しい日本語の世界なのだ。だからこそ、あれだけ大勢の人々が芭蕉論を書きたくなり、書いてきたのだ。これからも大勢の人々がその美しい、奥深い、不思議な芭蕉の世界を読んだ喜びを書いていくだろう。それは素晴らしい出来事だと私は思う。

この本『わたしの芭蕉』の出版については、講談社の見田葉子さんと嶋田哲也さんの手厚い援助と励ましがあったことを心からの御礼とともに感謝いたします。

参考文献

井本農一、堀信夫注解『松尾芭蕉集①全発句』小学館、一九九五年
堀信夫監修『袖珍版　芭蕉全句』小学館、二〇〇四年
尾形仂編『芭蕉必携』学燈社、一九九五年（初版一九八一年）
長谷川櫂『「奥の細道」をよむ』筑摩書房、二〇〇七年
富山奏『芭蕉文集』新潮社、一九七八年
白石悌三、上野洋三校注『芭蕉七部集』岩波書店、二〇〇七年（初版一九九〇年）
中野孝次編『三好達治随筆集』岩波文庫、一九九〇年
柳川彰治編著　有馬朗人、宇多喜代子監修『松尾芭蕉この一句』平凡社、二〇〇九年
柴田宵曲『俳諧随筆　蕉門の人々』岩波文庫、一九八六年
藏角利幸『芭蕉、二軒の宮竹屋に宿泊』金沢学院短期大学紀要「学葉」第十三号（通巻第五十六巻）
金谷治訳注『荘子』第一、二、三、四冊、岩波文庫、二〇一五年（初版一九七一年）
加賀乙彦『日本の古典に学びしなやかに生きる』集英社、二〇一五年

【ら】

櫓の声波ヲうつて腸氷ル夜やなみだ……………22・202

【わ】

別ればや笠手に提て夏羽織……………………………………166
侘テすめ月侘斎がなら茶哥……………………………………205

＊この掲載句は、芭蕉の作から決定句を取り上げました。

もろき人にたとへむ花も夏野哉……163
門に入ればそてつに蘭のにほひ哉……92

【や】

頓て死ぬけしきは見えず蟬の声……105・192・297
宿かりて名を名乗らするしぐれ哉……135
山路来て何やらゆかしすみれ草……218
山中や菊はたおらぬ湯の匂……262
山は猫ねぶりていくや雪のひま……113
山も庭にうごきいるゝや夏ざしき……55
夕にも朝にもつかず瓜の花……99
雪ちるや穂屋の薄の刈残し……115
雪の中に兎の皮の髭作れ……113
ゆきや砂むまより落よ酒の酔……112
行春や鳥啼魚の目は泪……232
義朝の心に似たり秋の風……216
義仲の寝覚の山か月悲し……83
世にゝほへ梅花一枝のみそさゞい……38・296
米くるゝ友を今宵の月の客……42
世の人の見付けぬ花や軒の栗……69

【ま】

先祝へ梅を心の冬籠り……139
升買て分別かはる月見かな……289
先たのむ椎の木も有夏木立……282
またぬのに菜売に来たか時鳥……100
松風や軒をめぐつて秋暮ぬ……171・291
見送リのうしろや寂し秋の風……127
水とりや氷の僧の沓の音……217
みそか月なし千とせの杉を抱あらし……213
道のべの木槿は馬にくはれけり……35・218
道ほそし相撲とり草の花の露……287
蓑虫の音を聞に来よ艸の庵……39・296
麦の穂を便につかむ別かな……284
むざんやな甲の下のきり〳〵す……260
名月に麓の霧や田のくもり……288
名月の見所問ん旅寐せむ……80
名月や北国日和定なき……87・269
めでたき人のかずにも入む老のくれ……44
目にかゝる時やことさら五月富士……285
物書て扇引さく名残哉……266

一尾根はしぐるゝ雲かふじのゆき……134
一家に遊女も寐たり萩と月……256
一露もこぼさぬ菊の氷かな……147
閃〳〵と挙るあふぎやくものみね……42
吹とばす石はあさまの野分哉……14
藤の実は俳諧にせん花の跡……92
二日にもぬかりはせじな花の春……155
冬しらぬ宿やもみする音あられ……140
冬庭や月もいとなるむしの吟……141
冬の日や馬上に氷る影法師……76
冬牡丹千鳥よ雪のほとゝぎす……141
古池や蛙飛こむ水のおと……178
ふるき名の角鹿や恋し秋の月……89
星崎の闇を見よとや啼千鳥……222
ほとゝぎすうらみの滝のうらおもて……54
ほとゝぎす大竹藪をもる月夜……107
ほとゝぎす消行方や嶋一ツ……101
郭公声横たふや水の上……108
杜鵑鳴音や古き硯ばこ……108

蚤虱馬の尿する枕もと……247

【は】

這出でよかひやが下のひきの声……251
芭蕉野分して盥に雨を聞夜哉……206
蓮のかを目にかよはすや面の鼻……286
初しぐれ猿も小蓑をほしげ也……137
初時雨初の字を我時雨哉……136
初雪やいつ大仏の柱立……114
蛤のふたみに別行秋ぞ……271
春雨のこしたにつたふ清水哉……149
春雨や蜂の巣つたふ屋ねの漏……158
春雨やふた葉にもゆる茄子種……156
春雨や蓑吹かえす川柳……157
はる立や新年ふるき米五升……152
春の夜は桜に明てしまひけり……154
春の夜や籠リ人ゆかし堂の隅……151
春もやゝけしきとゝのふ月と梅……148
びいと啼尻声悲し夜ルの鹿……197・288
東にしあはれさひとつ秋の風……127

手にとらば消んなみだぞあつき秋の霜……214
手をうてバ木魂に明る夏の月……164
貴さや雪降ぬ日も蓑と笠……116

【な】

中山や越路も月ハまた命……84
夏来てもたゞひとつ葉の一葉哉……159
夏艸に富貴を餝れ蛇の衣……161
夏草や兵共がゆめの跡……185・186
夏艸や我先達て蛇からむ……162
夏の月ごゆより出て赤坂や……163
夏の夜や崩て明し冷し物……165
夏山に足駄をおがむ首途哉……167
何事の見たてにも似ず三かの月……63
なみだしくや遊行のもてる砂の露……86
波の間や小貝にまじる萩の塵……90・270
似あはしや豆の粉めしにさくら狩……97
庭掃て出ばや寺にちる柳……265
庭はきて雪を忘るゝ箒哉……115
野ざらしを心に風のしむ身哉……37・208・295

其まゝよ月もたのまじ伊吹山……142
剃り捨てて黒髪山に衣更……236

【た】

高水に星も旅寝や岩の上……192
種芋や花のさかりに売ありく……98
たびにあきてけふ幾日やら秋の風……190
旅に病で夢は枯野をかけ廻る……184・292
旅寐してみしやうき世の煤はらひ……224
玉祭りけふも焼場のけぶり哉……106
田や麦や中にも夏のほとゝぎす……103
塚もうごけ我泣声は秋の風……259
月いづく鐘は沈る海のそこ……88
撞鐘もひゞくやうなり蟬の声……191
月清し遊行のもてる砂の上……85・268
月に名を包みかねてやいもの神……82
月のみか雨に相撲もなかりけり……87
月見せよ玉江の蘆を刈ぬ先……80
月雪とのさばりけらしとしの昏……110
作りなす庭をいさむるしぐれかな……135

さしこもる葎の友かふゆなうり……145
里ふりて柿の木もたぬ家もなし……196
早苗とる手もとやむかししのぶ摺……57
さびしさやすまにかちたる浜の秋……269
五月雨にかくれぬものや瀬田の橋……130
さみだれの空吹おとせ大井川……133
五月雨の降残してや光堂……130・246
五月雨は滝降うづむみかさ哉……133
五月雨や色帋へぎたる壁の跡……132
さみだれをあつめて早し最上川……131・182・253
しほらしき名や小松吹萩薄……260
閑さや岩にしみ入蟬の声……21・252
しにもせぬ旅寝の果よ秋の暮……74
暫時は滝にこもるや夏の初……237
四方より花吹入てにほの波……99
丈六にかげろふ高し石の上……47
白髪ぬく枕の下やきり〳〵す……106
白芥子や時雨の花の咲つらん……137
涼しさを飛驒の工が指図かな……285
僧朝顔幾死かへる法の松……215

霧しぐれ富士をみぬ日ぞ面白き……71・211
金屛の松の古さよ冬籠……142
草の戸も住替る代ぞひなの家……230
くさまくらまことの華見しても来よ……95
草臥て宿かる比や藤の花……225
国〳〵の八景更に気比の月……85
雲霧の暫時百景をつくしけり……73
蜘何と音をなにと鳴秋の風……126
鸛の巣に嵐の外のさくら哉……125
凩に匂ひやつけし帰花……118
木枯しやたけにかくれてしづまりぬ……118
此秋は何で年よる雲に鳥……172・291
此あたり目に見ゆるものは皆涼し……191
此道や行人なしに秋の暮……170・291
小萩ちれますほの小貝小盃……91
こまか成雨や二葉のなすびだね……157

【さ】

桜より松は二木を三月越し……240
さゞ波や風の薫の相拍子……120

【か】

顔に似ぬほつ句も出よはつ桜……197
かげろふや柴胡の糸の薄曇……97
数ならぬ身となおもひそ玉祭り……195
風色やしどろに植し庭の萩……121
風かほるこしの白根を国の花……119
風の香も南に近し最上川……120
鐘つかぬ里は何をか春の暮……150
紙ぎぬのぬるともをらん雨の花……129
寒菊や醴造る窓の前……146
寒菊や粉糠のかゝる臼の端……146
菊の香やならには古き仏達……187・289
きくの露落て拾へばぬかごかな……93
象潟や雨に西施がねぶの花……128
木曾の情雪や生ぬく春の草……153
木啄も庵はやぶらず夏木立……67
きみ火をたけよき物見せん雪まろげ……110
君やてふ我や荘子が夢心……40・297
京にても京なつかしやほとゝぎす……105
けふよりや書付消さん笠の露……264

海士の顔先見らるゝやけしの花……226
荒海や佐渡によこたふ天河……179・182・255
嵐山藪の茂りや風の筋……124
あらたうと青葉若葉の日の光……50・235
有難や雪をかほらす南谷……59
家はみな杖にしら髪の墓参……196・287
石の香や夏草赤く露あつし……160
石山の石より白し秋の風……261
いなづまやかほのところが薄の穂……43
いなづまや闇の方行五位の声……287
入かゝる日も程〻に春のくれ……150
うぐひすの笠おとしたる椿哉……96
馬に寐て残夢月遠し茶のけぶり……32
馬ぼく〳〵我を絵に見る夏野哉……28
馬をさへながむる雪の朝哉……111
枝ぶりの日ごとに替る芙蓉かな……94
落くるやたかくの宿の郭公……61・105
おもしろうてやがて悲しき鵜舟哉……188
おもしろき㛋の朝寐や亭主ぶり……175
面白し雪にやならん冬の雨……140

掲載句索引（五十音順）

【あ】

あか〳〵と日は難面も秋の風……183・259
秋風のふけども青し栗のいが……168
秋風や桐に動てつたの霜……170
秋来にけり耳をたづねて枕の風……126
秋すゞし手毎にむけや瓜茄子……259
秋ちかき心の寄や四畳半……286
烋のいろぬかみそつぼもなかりけり……41
秋の夜を打崩したる咄かな……176
秋深き隣は何をする人ぞ……173・292
秋もはやばらつく雨に月の形……177・290
蕣や是も又我が友ならず……194
蕣や昼は錠おろす門の垣……193
あさむつや月見の旅の明ばなれ……81
あすの月雨占なはんひなが岳……82
暑き日を海に入れたり最上川……254
あの中に蒔絵書たし宿の月……17

本書は二〇二〇年一月、小社より刊行された
単行本を文庫化したものです。

|著者|加賀乙彦　1929年東京都生まれ。東京大学医学部卒業後、精神科医として勤務のかたわら、小説の執筆を始める。67年に刊行した『フランドルの冬』が翌年、芸術選奨新人賞を受賞。73年に『帰らざる夏』で谷崎潤一郎賞、79年には『宣告』で日本文学大賞、86年に『湿原』で大佛次郎賞、98年には自伝的長編『永遠の都』で芸術選奨文部大臣賞を受賞した。他に『錨のない船』『高山右近』『ザビエルとその弟子』『不幸な国の幸福論』『ああ父よ　ああ母よ』『殉教者』など著書多数。2012年に『永遠の都』の続編にあたる自伝的大河小説『雲の都』の第四部『幸福の森』、第五部『鎮魂の海』を刊行し、ついに完結、毎日出版文化賞特別賞を受賞した。

わたしの芭蕉《ばしょう》
加賀乙彦《かがおとひこ》

講談社文庫
定価はカバーに
表示してあります

2022年1月14日第1刷発行

KODANSHA

発行者――鈴木章一
発行所――株式会社　講談社
東京都文京区音羽2-12-21　〒112-8001
電話　出版　(03) 5395-3510
　　　販売　(03) 5395-5817
　　　業務　(03) 5395-3615
Printed in Japan

デザイン―菊地信義
本文データ制作―講談社デジタル製作
印刷―――豊国印刷株式会社
製本―――株式会社国宝社

ISBN978-4-06-526650-2

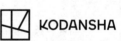

講談社文庫刊行の辞

二十一世紀の到来を目睫に望みながら、われわれはいま、人類史上かつて例を見ない巨大な転換期をむかえようとしている。

世界も、日本も、激動の予兆に対する期待とおののきを内に蔵して、未知の時代に歩み入ろうとしている。このときにあたり、創業の人野間清治の「ナショナル・エデュケイター」への志を現代に甦らせようと意図して、われわれはここに古今の文芸作品はいうまでもなく、ひろく人文・社会・自然の諸科学から東西の名著を網羅する、新しい綜合文庫の発刊を決意した。

激動の転換期はまた断絶の時代である。われわれは戦後二十五年間の出版文化のありかたへの深い反省をこめて、この断絶の時代にあえて人間的な持続を求めようとする。いたずらに浮薄な商業主義のあだ花を追い求めることなく、長期にわたって良書に生命をあたえようとつとめるところにしか、今後の出版文化の真の繁栄はあり得ないと信じるからである。

同時にわれわれはこの綜合文庫の刊行を通じて、人文・社会・自然の諸科学が、結局人間の学にほかならないことを立証しようと願っている。かつて知識とは、「汝自身を知る」ことにつきていた。現代社会の瑣末な情報の氾濫のなかから、力強い知識の源泉を掘り起し、技術文明のただなかに、生きた人間の姿を復活させること。それこそわれわれの切なる希求である。

われわれは権威に盲従せず、俗流に媚びることなく、渾然一体となって日本の「草の根」をかたちづくる若く新しい世代の人々に、心をこめてこの新しい綜合文庫をおくり届けたい。それは知識の泉であるとともに感受性のふるさとであり、もっとも有機的に組織され、社会に開かれた万人のための大学をめざしている。大方の支援と協力を衷心より切望してやまない。

一九七一年七月

野間省一

松浦寿輝

半島

解説＝三浦雅士　年譜＝著者

寂れた小さな島に、漂い流れるように仮初の棲み処を定めた男が体験する、虚構とも現実ともつかぬ時間。いまもここも、自由も再生も幻か。読売文学賞受賞作。

まJ3
978-4-06-526678-6

磯﨑憲一郎

鳥獣戯画／我が人生最悪の時

解説＝乗代雄介　年譜＝著者

「私」とは誰か。「小説」とは何か。一見、脈絡のないいくつもの話が、〝語り口〟の力で現実を押し開いていく。文学の可動域を極限まで広げる21世紀の世界文学。

いAB1
978-4-06-524522-4

講談社文庫 目録

小野寺史宜《ふみのり》 その愛の程度
小野寺史宜 近いはずの人
小野寺史宜 それ自体が奇跡
小野寺史宜 縁《ゆかり》
大崎 梢 横濱エトランゼ
太田哲雄 アマゾンの料理人〈世界一の"美味しい"を探して僕が行き着いた場所〉
小竹正人 空に住む
岡本さとる 駕籠屋《かごや》春秋 新三《しんざ》と太十《たじゅう》
岡本さとる 質屋の娘〈駕籠屋春秋 新三と太十〉
岡本さとる 雨やどり〈駕籠屋春秋 新三と太十〉
岡崎大五 食べるぞ!世界の地元メシ
荻上直子 川っぺりムコリッタ
海音寺潮五郎 新装版 江戸城大奥列伝
海音寺潮五郎 新装版 孫子 (上)(下)
海音寺潮五郎 新装版 赤穂義士
加賀乙彦 新装版 高山右近
加賀乙彦 ザビエルとその弟子
加賀乙彦 殉教者
柏葉幸子 ミラクル・ファミリー

勝目 梓 小説家
桂 米朝 米朝ばなし〈上方落語地図〉
笠井 潔 梟《ふくろう》の巨《おお》なる黄昏《たそがれ》
笠井 潔 青銅の悲劇 (上)(下)〈瀕死の王〉
川田弥一郎 白く長い廊下
神崎京介 女薫の旅 激情たぎる
神崎京介 女薫の旅 奔流あふれ
神崎京介 女薫の旅 陶酔めぐる
神崎京介 女薫の旅 衝動はぜて
神崎京介 女薫の旅 放心とろり
神崎京介 女薫の旅 感涙はてる
神崎京介 女薫の旅 耽溺《たんでき》まみれ
神崎京介 女薫の旅 誘惑おって
神崎京介 女薫の旅 秘に触れ
神崎京介 女薫の旅 禁の園へ
神崎京介 女薫の旅 欲の極み
神崎京介 女薫の旅 青い乱れ
神崎京介 女薫の旅 奥に裏に
神崎京介 I LOVE

加納朋子 ガラスの麒麟〈新装版〉
角田光代 まどろむ夜のUFO
角田光代 恋するように旅をして
角田光代 庭の桜、隣の犬
角田光代 人生ベストテン
角田光代 ロック母
角田光代 彼女のこんだて帖
角田光代 ひそやかな花園
川端裕人 せちやん〈星を聴く人〉
川端裕人 星と半月の海
片川優子 ジョナさん
片川優子 ただいまラボ
神山裕右 カタコンベ
神山裕右 炎の放浪者
加賀まりこ 純情ババァになりました。
門田隆将 甲子園への遺言〈伝説の打撃コーチ高畠導宏の生涯〉
門田隆将 甲子園の奇跡〈斎藤佑樹と早実百年物語〉
門田隆将 神宮の奇跡
鏑木 蓮 東京ダモイ

講談社文庫 目録

鏑木 蓮 屈折光
鏑木 蓮 時限
鏑木 蓮 真友
鏑木 蓮 甘い罠
鏑木 蓮 京都西陣シェアハウス〈憎まれ天使・有村志穂〉
鏑木 蓮 炎罪
鏑木 蓮 疑薬
川上未映子 そら頭はでかいです、世界がすこんと入ります
川上未映子 わたくし率 イン 歯ー、または世界
川上未映子 ヘヴン
川上未映子 すべて真夜中の恋人たち
川上未映子 愛の夢とか
川上弘美 ハヅキさんのこと
川上弘美 晴れたり曇ったり
川上弘美 大きな鳥にさらわれないよう
海堂 尊 外科医 須磨久善
海堂 尊 新装版 ブラックペアン1988
海堂 尊 ブレイズメス1990
海堂 尊 スリジエセンター1991
海堂 尊 死因不明社会2018
海堂 尊 極北クレイマー2008
海堂 尊 極北ラプソディ2009
海堂 尊 黄金地球儀2013
海道龍一朗 室町耽美抄 花鏡
門井慶喜 パラドックス実践 雄弁学園の教師たち
門井慶喜 銀河鉄道の父
梶よう子 迷子石
梶よう子 ふくろう
梶よう子 ヨイ豊《とよ》
梶よう子 立身《りっしん》いたしたく候《そうろう》
梶よう子 北斎まんだら
川瀬七緒 よろずのことに気をつけよ
川瀬七緒 法医昆虫学捜査官
川瀬七緒 シンクロニシティ〈法医昆虫学捜査官〉
川瀬七緒 水《みな》底《そこ》の棘《とげ》〈法医昆虫学捜査官〉
川瀬七緒 メビウスの守護者〈法医昆虫学捜査官〉
川瀬七緒 潮騒のアニマ〈法医昆虫学捜査官〉
川瀬七緒 紅のアンデッド〈法医昆虫学捜査官〉
川瀬七緒 スワロウテイルの消失点〈法医昆虫学捜査官〉
川瀬七緒 フォークロアの鍵
風野真知雄 隠密 味見方同心(一)〈くじらの姿焼き騒動〉
風野真知雄 隠密 味見方同心(二)〈干し卵不思議味〉
風野真知雄 隠密 味見方同心(三)〈幸せの小福餅〉
風野真知雄 隠密 味見方同心(四)〈恐怖の流しそうめん〉
風野真知雄 隠密 味見方同心(五)〈フグの毒鍋〉
風野真知雄 隠密 味見方同心(六)〈鵺《ぬえ》の闇鍋〉
風野真知雄 隠密 味見方同心(七)〈絵巻寿司〉
風野真知雄 隠密 味見方同心(八)〈ふふふの麩〉
風野真知雄 隠密 味見方同心(九)〈殿さま漬け〉
風野真知雄 潜入 味見方同心(一)〈恋のぬるぬる膳〉
風野真知雄 潜入 味見方同心(二)〈陰膳だらけの宴《うたげ》〉
風野真知雄 潜入 味見方同心(三)〈五右衛門の鍋〉
風野真知雄 昭和探偵1
風野真知雄 昭和探偵2
風野真知雄 昭和探偵3
風野真知雄 昭和探偵4
カレー沢 薫 負ける技術

講談社文庫　目録

カレー沢　薫　もっと負ける技術〈カレー沢薫の日常と退廃〉
カレー沢　薫　非リア王
神楽坂　淳　うちの旦那が甘ちゃんで
神楽坂　淳　うちの旦那が甘ちゃんで 2
神楽坂　淳　うちの旦那が甘ちゃんで 3
神楽坂　淳　うちの旦那が甘ちゃんで 4
神楽坂　淳　うちの旦那が甘ちゃんで 5
神楽坂　淳　うちの旦那が甘ちゃんで 6
神楽坂　淳　うちの旦那が甘ちゃんで 7
神楽坂　淳　うちの旦那が甘ちゃんで 8
神楽坂　淳　うちの旦那が甘ちゃんで 9
神楽坂　淳　うちの旦那が甘ちゃんで 10
神楽坂　淳　帰蝶さまがヤバい 1
神楽坂　淳　帰蝶さまがヤバい 2
神楽坂　淳　ありんす国の料理人 1
神楽坂　淳　あやかし長屋〈嫁は猫又〉
加藤元浩　捕まえたもん勝ち！〈七夕菊乃の捜査報告書〉
加藤元浩　量子人間《クォンタム》からの手紙〈捕まえたもん勝ち！〉
加藤元浩　奇科学島の記憶〈捕まえたもん勝ち！〉

梶永正史　銃の啼《な》き声〈潔癖刑事・田島慎吾〉
梶永正史　潔癖刑事　仮面の哄笑《こうしょう》
川内有緒　晴れたら空に骨まいて
神永　学　悪魔と呼ばれた男
神永　学　青の呪い〈心霊探偵八雲〉
神津凛子　スイート・マイホーム
岸本英夫　死を見つめる心〈ガンとたたかった十年間〉
北方謙三　汚名の広場
北方謙三　試みの地平線〈伝説復活編〉
北方謙三　抱影
菊地秀行　魔界医師メフィスト〈怪屋敷〉
桐野夏生　新装版 顔に降りかかる雨
桐野夏生　新装版 天使に見捨てられた夜
桐野夏生　新装版 ローズガーデン
桐野夏生　OUT (上)(下)
桐野夏生　ダーク (上)(下)
桐野夏生　猿の見る夢
京極夏彦　文庫版 姑《う》獲《ぶ》鳥《め》の夏
京極夏彦　文庫版 魍《もう》魎《りょう》の匣《はこ》

京極夏彦　文庫版 狂《きょう》骨《こつ》の夢《ゆめ》
京極夏彦　文庫版 鉄《てっ》鼠《そ》の檻《おり》
京極夏彦　文庫版 絡新婦《じょろうぐも》の理《ことわり》
京極夏彦　文庫版 塗仏《ぬりぼとけ》の宴《うたげ》―宴の支度
京極夏彦　文庫版 塗仏の宴―宴の始末
京極夏彦　文庫版 百鬼夜行―陰
京極夏彦　文庫版 百器徒然袋―雨
京極夏彦　文庫版 百器徒然袋―風
京極夏彦　文庫版 今昔続百鬼―雲
京極夏彦　文庫版 陰摩羅鬼《おんもらき》の瑕《きず》
京極夏彦　文庫版 邪《じゃ》魅《み》の雫
京極夏彦　文庫版 今昔百鬼拾遺―月
京極夏彦　文庫版 死ねばいいのに
京極夏彦　文庫版 ルー＝ガルー〈忌避すべき狼〉
京極夏彦　文庫版 ルー＝ガルー2〈インクブス×スクブス　相容れぬ夢魔〉
京極夏彦　分冊文庫版 姑獲鳥《うぶめ》の夏 (上)(下)
京極夏彦　分冊文庫版 魍魎《もうりょう》の匣《はこ》 (上)(中)(下)
京極夏彦　分冊文庫版 狂骨《きょうこつ》の夢《ゆめ》 (上)(中)(下)
京極夏彦　分冊文庫版 鉄鼠《てっそ》の檻《おり》 全四巻

2021年12月15日現在